Diogenes Taschenbuch 21928

Carson McCullers

Meister-erzählungen

Ausgewählt
von
Anton Friedrich
Aus dem
Amerikanischen
von Elisabeth Schnack

Diogenes

Die deutschen Erstausgaben der Erzählungen
erschienen 1961 und 1967 im Diogenes Verlag
Umschlagillustration: Edward Hopper,
›Railroad Crossing‹, 1926
(Ausschnitt)

Veröffentlicht als Diogenes Taschenbuch, 1991

80/91/29/1
ISBN 3 257 21928 8

Inhalt

Madame Zilensky und der König von Finnland

Daß Madame Zilensky für die Fakultät gewonnen werden konnte, war einzig Mr. Brook, dem Leiter der Musikkurse im Ryder College, zu verdanken. Das College schätzte sich glücklich, denn sie hatte sowohl als Komponistin wie als Pädagogin einen achtunggebietenden Ruf. Mr. Brook übernahm es persönlich, für Madame Zilensky ein Haus zu besorgen, ein praktisches Haus mit Garten, das nicht zu weit vom College und gleich neben dem Apartment-House lag, in dem er selber wohnte.

Ehe Madame Zilensky nach Westbridge kam, kannte sie dort keiner. Mr. Brook hatte ihr Bild in musikalischen Fachzeitschriften gesehen, und er war auch einmal wegen der Echtheit eines Manuskripts von Buxtehude mit ihr in Briefwechsel getreten. Außerdem hatten sie, als ihr Eintritt in die Fakultät zur Debatte stand, ein paar Telegramme und Briefe über praktische Fragen gewechselt. Sie hatte eine deutliche, steile Handschrift, und an den Briefen war nichts Ungewöhnliches, abgesehen von gelegentlichen Anspielungen auf Dinge und Personen, die Mr. Brook völlig unbekannt waren, wie etwa ›die gelbe Katze in Lissabon‹ oder ›der arme Heinrich‹ – kleine Versehen, die Mr. Brook den Schwierigkeiten zuschrieb, die sie zu überwinden hatte, um mit ihrer Familie aus Europa auszuwandern.

Mr. Brook war eine etwas verhaltene Persönlichkeit; Jahre voller Mozart-Menuette und Erläuterungen über verminderte Septimen und Molldreiklänge hatten ihm die aufmerksame Geduld seines Berufs eingeimpft. Meistens lebte er für sich. Er verabscheute die akademische Wichtigtuerei und die Komiteesitzungen. Vor Jahren, als die Musikhochschule beschlossen hatte, gemeinsam einen Sommer in Salzburg zu verbringen, hatte sich Mr. Brook im letzten Augenblick vor den Abmachungen gedrückt und allein eine Reise nach Peru unternommen. Er war selbst nicht ganz frei von Verschrobenheiten und duldsam gegenüber den Eigentümlichkeiten andrer Leute, ja, er konnte deren Komik geradezu genießen. Oft, wenn er sich schwerwiegenden und verworrenen Problemen gegenübersah, verspürte er wohl einen heimlichen kleinen Lachreiz, der sein langes, mildes Gesicht erstarren und das Licht in seinen grauen Augen aufleuchten ließ.

Mr. Brook holte Madame Zilensky eine Woche vor Beginn des Wintersemesters in Westbridge auf dem Bahnhof ab. Er erkannte sie sofort. Es war eine große, gutgewachsene Frau mit einem blassen und hageren Gesicht. Unter ihren Augen lagen tiefe Schatten, und ihr wirres dunkles Haar trug sie aus der Stirn frisiert. Sie hatte große, feine Hände, die sehr schmuddelig waren. Ihre ganze Erscheinung hatte etwas Edles und Entrücktes, was Mr. Brook einen Augenblick bewog, einen Schritt zurückzutreten und nervös mit seinen Manschettenknöpfen zu spielen. Trotz ihrer Kleider – sie trug einen langen schwarzen Rock und eine abgenutzte alte Lederjacke – wirkte sie irgendwie elegant. Sie hatte drei Kinder mitgebracht, Jungen im Alter von sechs bis zehn Jahren, alle drei blond und schön und scheu. Noch jemand anders war dabei, eine alte Frau, die, wie sich später zeigte, die finnische Bedienerin war.

Das war die Gruppe, die er am Bahnhof vorfand. Das einzige Gepäck, das sie bei sich hatten, waren zwei riesige Schachteln mit Manuskripten, denn ihre übrige Habe hatten sie in Springfield vergessen, wo sie umgestiegen waren. So etwas kann jedem passieren. Als Mr. Brook sie alle im Taxi hatte, glaubte er, das Schlimmste sei überstanden, aber Madame Zilensky versuchte plötzlich, über seine Knie zur Tür hinauszusteigen.

»Mein Gott«, sagte sie, »ich vergaß mein ... wie nennt man's doch gleich? ... mein Tick-tick-tick ...«

»Ihre Uhr?« fragte Mr. Brook.

»O nein«, widersprach sie lebhaft. »Sie wissen doch ... tick-tick-tick«, und sie bewegte ihren Zeigefinger wie ein Pendel hin und her.

»Tick-tick?« sagte Mr. Brook, legte die Hand auf die Stirn und schloß die Augen. »Meinen Sie etwa ein Metronom?«

»Ja, o ja! Vielleicht hab ich's verloren, als wir umsteigen mußten!«

Es gelang Mr. Brook, sie zu beruhigen. Er sagte sogar aus einer schüchternen Galanterie heraus, daß er ihr am folgenden Tag ein anderes besorgen würde. Doch gleichzeitig mußte er sich gestehen, daß die panische Angst wegen eines Metronoms etwas Eigentümliches sei, denn schließlich mußte man mit dem Verlust des gesamten übrigen Gepäcks rechnen.

Die Familie Zilensky zog in das Nachbarhaus ein, und oberflächlich betrachtet schien alles in Ordnung. Die Jungen waren ruhige Kinder. Sie hießen Sigmund, Boris und Sammy. Stets steckten sie beisammen, und sie liefen immer im Gänsemarsch, wobei Sigmund meistens der erste war. Wenn sie unter sich waren, sprachen sie ein schauderhaft klingendes Familien-Esperanto, bestehend aus Russisch, Französisch, Finnisch, Deutsch und Englisch; waren aber andre Leute in der Nähe, dann waren sie merkwürdig schweigsam. Das Unbehagen, das Mr. Brook wegen der Zilenskys empfand, rührte nicht von Dingen her, die sie taten oder sagten. Eher waren es geringfügige Tatsachen. Irgend etwas an den Zilenskyschen Kindern störte ihn ganz unbewußt, zum Beispiel, wenn sie sich in einem Haus aufhielten, und endlich merkte er, weshalb: sie liefen nie über einen Teppich. Im Gänsemarsch gingen sie drumherum, und wenn das Zimmer einen Spannteppich hatte, dann blieben sie in der Tür stehen und betraten das Zimmer nicht. Noch etwas anderes: Wochen vergingen, und Madame Zilensky machte nicht die leisesten Anstalten, um sich nett einzurichten oder noch etwas mehr Möbel als nur den Tisch und ein paar Betten anzuschaffen. Die Haustür stand Tag und Nacht offen, und bald rief das Haus einen wunderlich verödeten Eindruck hervor, als stünde es schon seit Jahren leer.

Das College hatte allen Grund, mit Madame Zilensky zufrieden zu sein. Sie unterrichtete mit fanatischer Hingabe. Sie konnte sich furchtbar aufregen, wenn eine Mary Owens oder eine Bernardine Smith ihre Scarlatti-Triller nicht sauber ausfeilte. Für ihr Studio im College beschaffte sie vier Klaviere und stellte vier verstörten Studentinnen die Aufgabe, zusammen Bach-Fugen zu spielen. Der Lärm, der von ihrer Ecke im College ausging, war außergewöhnlich, aber Madame Zilensky schien keine Nerven zu besitzen; und wenn guter Wille und Fleiß allein für eine musikalische Idee genügen, dann hätte das Ryder College nicht besser fahren können. Nachts arbeitete Madame Zilensky an ihrer zwölften Symphonie. Schlaf brauchte sie anscheinend nicht; einerlei, zu welcher Stunde Mr. Brook in der Nacht aus seinem Wohnzimmerfenster schaute, immer brannte Licht in ihrem Studio. Nein, berufliche Erwägungen waren es nicht, die Mr. Brook so skeptisch stimmten.

Ende Oktober hatte er zum erstenmal das deutliche Gefühl, daß etwas nicht in Ordnung war. Er hatte mit Madame Zilensky zu Mittag gegessen und sich dabei gut unterhalten, da sie ihm sehr ausführlich von ihrer im Jahre 1928 unternommenen afrikanischen Jagdexpedition erzählt hatte. Im Laufe des Nachmittags kam sie dann bei ihm vorbei und blieb ziemlich geistesabwesend auf der Türschwelle seines Büros stehen.

Mr. Brook blickte von seinem Schreibtisch auf und fragte: »Kann ich etwas für Sie tun?«

»Nein, danke«, sagte Madame Zilensky. Sie hatte eine tiefe, schwermütige, schöne Stimme. »Ich überlegte mir nur gerade – Sie erinnern sich doch noch an das Metronom –, glauben Sie vielleicht, ich könnte es bei dem Franzmann gelassen haben?«

»Bei wem?« fragte Mr. Brook.

»Ach, bei dem Franzmann, mit dem ich verheiratet war«, antwortete sie.

»Bei dem Franzosen«, verbesserte Mr. Brook freundlich. Er versuchte, sich Madame Zilenskys Ehemann vorzustellen, doch seine Phantasie versagte. »Der Vater der drei Kinder«, sagte er – halb zu sich selber.

»Aber nein!« widersprach Madame Zilensky sehr entschieden. »Sammys Vater!«

Mr. Brook wurde von einer jähen Vorahnung erfaßt. Seine tiefsten Instinkte warnten ihn davor, noch etwas zu sagen. Doch seine Ordnungsliebe und sein Gewissen verlangten, daß er weiter fragte: »Und der Vater der andern beiden?«

Madame Zilensky hob die Hand zum Hinterkopf und fuhr sich durch ihr kurzgeschnittenes Haar. Ihr Gesicht war verträumt, und ein Weilchen gab sie keine Antwort. Dann sagte sie sanft: »Boris ist von einem Polen, der die Pikkoloflöte spielte.«

»Und Sigmund?« fragte er. Mr. Brooks Blick schweifte über den ordentlichen Schreibtisch, den Stapel korrigierter Arbeiten, die drei gespitzten Bleistift und den Briefbeschwerer, einen Elefanten aus Elfenbein. Als er zu Madame Zilensky aufsah, dachte sie offenbar angestrengt nach. Mit zusammengezogenen Augenbrauen und mahlendem Unterkiefer starrte sie in die Zimmerecke. Endlich sagte sie: Wollten wir uns über Sigmunds Vater unterhalten?«

»Aber nein«, sagte Mr. Brook, »das ist durchaus nicht nötig!«

Madame Zilensky antwortete mit einer Stimme, die gleichzeitig würdevoll und abschließend klang: »Er war ein Landsmann von mir.«

Es war Mr. Brook wirklich völlig einerlei. Er hatte keine Vorurteile; was ihn anbetraf, konnten die Leute siebzehnmal heiraten und chinesische Kinder in die Welt setzen. Doch an der Unterhaltung mit Madame Zilensky war etwas, das ihn beunruhigte. Plötzlich wußte er, warum. Die Kinder sahen Madame Zilensky überhaupt nicht ähnlich, aber untereinander glichen sie sich sehr, und da jedes einen andern Vater hatte, fand Mr. Brook die Ähnlichkeit merkwürdig.

Madame Zilensky hatte jedoch mit dem Thema abgeschlossen. Sie zerrte den Reißverschluß ihrer Jacke nach oben und wandte sich zum Gehen.

»Bestimmt habe ich es dort gelassen«, sagte sie und nickte kurz. »*Chez* dem Franzmann.«

In der Musikhochschule ging alles seinen Gang. Mr. Brook hatte keine ernstlichen Schwierigkeiten zu bewältigen wie etwa im vergangenen Jahr, als die Harfenlehrerin mit dem Garagenmechaniker durchbrannte. Er hatte nur diesen quälenden Argwohn wegen Madame Zilensky. Er konnte sich nicht klar werden, was an seinen Beziehungen zu ihr nicht stimmte oder weshalb seine Gefühle ihr gegenüber so gemischter Art waren. Zunächst einmal war sie eine große Weltenbummlerin, und ihre Gespräche waren ganz überflüssigerweise mit Erwähnungen der unwahrscheinlichsten Gegenden gespickt. Ohne den Mund aufzumachen, konnte sie tagelang umhergehen, wanderte durch die Korridore, die Hände in den Taschen vergraben und das Gesicht verschlossen und nachdenklich. Dann plötzlich konnte sie Mr. Brook beim Knopfloch packen und einen langen, beschwingten Monolog von Stapel lassen, wobei ihre Augen draufgängerisch strahlten und die Stimme sich vor Eifer erwärmte. Und doch hatte jedes Ereignis, das sie erwähnte, ausnahmslos etwas Fragwürdiges, irgendwie Verbogenes an sich. Wenn sie andeutete, daß sie Sammy zum Friseur bringen wollte, dann schuf sie damit eine ebenso fremdländische Atmosphäre, wie wenn sie von einem Nachmittag in Bagdad erzählte. Mr. Brook konnte es nicht begreifen.

Ganz unversehens ging ihm die Wahrheit auf, und die Wahrheit löste jedes Rätsel oder klärte wenigstens die Lage. Mr. Brook war früh nach Hause gekommen und hatte im kleinen Kamin seines Wohnzimmers ein Feuer angezündet. Es war ihm an jenem Abend behaglich und friedvoll zumute. Er saß in Socken vor dem Kamin, auf dem Tisch neben sich einen Band William Blake; er hatte sich ein halbes Glas Apricot-Brandy eingeschenkt. Um zehn Uhr döste er gemütlich vor dem Feuer und hatte den Kopf voll verschwommener Mahlerscher Phrasen und unbestimmter Gedankenbruchstücke. Dann schossen ihm plötzlich mitten in seinem angenehmen Nichtstun vier Worte durch den Kopf: »Der König von Finnland.« Die Worte schienen vertraut, doch im ersten Augenblick konnte er sie nicht unterbringen. Dann plötzlich kam er ihnen auf die Spur. Als er heute nachmittag durch die College-Anlagen gegangen war, hatte ihn Madame Zilensky aufgehalten und eine alberne Geschichte begonnen, die er sich nur mit halbem Ohr angehört hatte, denn er mußte an einen Stoß Kanons denken, den seine Kontrapunktklasse heute abgegeben hatte. Jetzt kehrten ihre Worte und die Modulation ihrer Stimme mit trügerischer Genauigkeit zurück. Madame Zilensky hatte mit folgender Bemerkung begonnen: »Als ich eines Tages vor einer *pâtisserie* stand, kam der König von Finnland in einem Schlitten vorbei.«

Mr. Brook setzte sich in seinem Sessel kerzengerade hin und stellte das Glas Brandy auf den

Tisch. Die Frau war eine pathologische Lügnerin! Fast jedes Wort, das sie außerhalb des Unterrichts äußerte, war eine Unwahrheit. Wenn sie die ganze Nacht durchgearbeitet hatte, dann erzählte sie einem mit dem größten Vergnügen, sie sei im Kino gewesen. Wenn sie in der Old Tavern Mittag gegessen hatte, dann flocht sie bestimmt ein, sie habe zu Hause bei ihren Kindern gegessen. Die Frau war einfach eine pathologische Lügnerin, und das erklärte alles.

Mr. Brook knackte mit seinen Knöcheln und erhob sich. Seine erste Reaktion war Erbitterung. Daß Madame Zilensky Tag für Tag die Stirn gehabt hatte, in seinem Büro zu sitzen und ihn mit ihren empörenden Lügen zu überschütten! Mr. Brook war furchtbar aufgebracht. Er wanderte im Zimmer auf und ab und ging dann in seine Kleinküche, um sich ein Sardinenbrot zu machen.

Eine Stunde drauf, als er vor seinem Feuer saß, war sein Ärger einem nachdenklichen, wissenschaftlichen Grübeln gewichen. Er sagte sich, daß er die ganze Sache unpersönlich betrachten und Madame Zilensky so ansehen müsse, wie ein Arzt einen Patienten ansieht. Ihre Lügen waren an sich harmlos. Sie verbreitete ihre Unwahrheiten nicht, um absichtlich irrezuführen, und benutzte sie niemals, um einen Vorteil daraus zu ziehen. Das war ja gerade das Verrückte: es steckte einfach kein Motiv dahinter.

Mr. Brook trank den letzten Schluck Brandy. Und allmählich – es war fast Mitternacht – kam ihm eine weitere Erkenntnis. Der Grund für Madame Zilenskys Lügen war betrüblich einleuchtend. Ihr Leben lang hatte Madame Zilensky gearbeitet – am Klavier, im Klassenzimmer und an ihren herrlichen, großartigen zwölf Symphonien. Tag und Nacht hatte sie sich abgerackert und abgemüht und war mit ganzer Seele bei der Arbeit gewesen, so daß für etwas anderes nicht viel übrig blieb. Als menschliches Wesen litt sie unter dieser Einseitigkeit und versuchte, sich dafür schadlos zu halten. Wenn sie den Abend, über einen Tisch gebeugt, in der Bibliothek verbracht hatte und später behauptete, sie hätte sich die Zeit mit Kartenspielen vertrieben, so war es, als hätte sie beides gleichzeitig getan. Die Lügen verhalfen ihr zu einem Ersatzleben. Sie verdoppelten das bißchen Dasein, das außer der Arbeit noch vorhanden war, und vergrößerten den kleinen Fetzen persönlichen Lebens.

Mr. Brook schaute ins Feuer, und das Gesicht Madame Zilenskys tauchte vor ihm auf: ein strenges Gesicht mit dunklen, müden Augen und einem vornehm beherrschten Mund. Er spürte, wie ihm warm ums Herz wurde, und er empfand Mitleid und Beschützerdrang und ein furchtbares Verständnis. Eine Zeitlang war er in einem Zustand holder Verwirrung.

Später putzte er sich die Zähne und stieg in seinen Schlafanzug. Er mußte sachlich denken. Was wurde dadurch aufgeklärt? Der Franzose, der Pole mit der Pikkoloflöte, Bagdad . . .? Und die Kinder, Sigmund, Boris und Sammy: wer waren sie? Waren es wirklich ihre eigenen Kinder, oder hatte sie sie nur irgendwo aufgelesen? Mr. Brook putzte seine Brille und legte sie auf den Nachttisch. Er mußte sofort zu einer Verständigung mit ihr kommen. Sonst könnte sich in der Fakultät eine äußerst bedenkliche Situation ergeben. Es war jetzt zwei Uhr. Er blickte aus dem Fenster und sah, daß in Madame Zilenskys Arbeitszimmer noch Licht brannte. Mr. Brook legte sich zu Bett, schnitt im Dunkeln schreckliche Grimassen und versuchte sich auszudenken, was er ihr am folgenden Tag sagen könnte.

Gegen acht Uhr war Mr. Brook in seinem Büro. Er saß mit eingezogenem Kopf hinter seinem Schreibtisch und war bereit, Madame Zilensky abzufangen, sowie sie den Korridor entlangkam. Er mußte nicht lange warten, und sobald er ihre Schritte hörte, rief er sie beim Namen.

Madame Zilensky stand auf der Schwelle.

Sie sah zerstreut und überarbeitet aus. »Wie geht's Ihnen? Ich hab so gut geschlafen heut nacht!«

»Bitte, nehmen Sie Platz!« sagte Mr. Brook. »Ich möchte gern etwas mit Ihnen besprechen!«

Madame Zilensky legte ihre Aktentasche hin und lehnte sich müde in den Sessel ihm gegenüber. »Ja, bitte?« fragte sie.

»Als ich gestern durch die College-Anlagen ging, erzählten Sie mir etwas«, sagte er langsam. »Und wenn ich mich nicht sehr irre, sprachen Sie, glaube ich, von einer Konditorei und vom König von Finnland. Stimmt das?«

Madame Zilensky wandte den Kopf auf die Seite und blickte sinnend auf eine Ecke des Fensterbretts.

»Von einer Konditorei«, wiederholte er.

Ihr müdes Gesicht leuchtete auf. »Oh, natürlich«, rief sie voller Eifer. »Ich erzählte Ihnen, wie ich vor dem Laden stand und wie der König von Finnland ...«

»Madame Zilensky!« rief Mr. Brook. »Es gibt gar keinen König von Finnland!«

Madame Zilenskys Miene war völlig ausdruckslos. Nach einer kurzen Pause fing sie von vorne an. »Ich stand vor Bjarnes *pâtisserie*, und als ich mich von den Kuchen abwandte und plötzlich den König von Finnland sah ...«

»Madame Zilensky, ich habe Ihnen doch gerade gesagt, daß es gar keinen König von Finnland gibt!«

»In Helsingfors«, fing sie verzweifelt von vorne an, und wieder ließ er sie nur bis zum König kommen, und nicht weiter.

»Finnland ist eine Republik«, sagte er. »Sie können unmöglich den König von Finnland gesehen haben. Daher ist das, was Sie eben erzählt haben, eine Unwahrheit. Eine eindeutige Unwahrheit.«

Niemals konnte Mr. Brook das Gesicht vergessen, das Madame Zilensky in jenem Augenblick machte. In ihren Augen lag Erstaunen, Bestürzung und das Entsetzen des gestellten Wilds. Sie glich einem Menschen, der mitansehen muß, wie seine ganze innere Welt aufbricht und zu nichts zerfällt.

»Es ist sehr bedauerlich«, sagte Mr. Brook mit echter Anteilnahme.

Aber Madame Zilensky riß sich zusammen. Sie hob das Kinn und sagte kalt: »Ich bin Finnin.«

»Das bezweifle ich nicht«, erwiderte Mr. Brook. Aber wenn er es recht überlegte, bezweifelte er es doch ein wenig.

»Ich wurde in Finnland geboren und bin finnische Staatsbürgerin.«

»Das mag schon sein«, sagte Mr. Brook und hob die Stimme.

»Im Krieg«, fuhr sie leidenschaftlich fort, »fuhr ich als Meldebote Motorrad.«

»Es hat nichts mit Ihrer Vaterlandsliebe zu tun!«

»Nur weil ich mich um die amerikanische Staatsbürgerschaft bewerbe . . .«

»Madame Zilensky!« rief Mr. Brook. Seine Hände packten die Kante seines Schreibtisches. »Das ist eine Sache, die gar nicht hierher gehört. Es handelt sich darum, daß Sie behaupten und bestätigen, Sie hätten den . . . Sie hätten den . . .« Aber er konnte den Satz nicht beenden. Ihr Gesicht hinderte ihn daran. Es war totenbleich, und um den Mund lagen Schatten. Die Augen waren weit aufgerissen – und des Urteils gewiß – und stolz. Und Mr. Brook kam sich plötzlich wie ein Mörder vor. Ein Ansturm von Gefühlen – Verständnis und Reue und eine unvernünftige Liebe – zwangen ihn, sein Gesicht mit den Händen zu bedecken. Er konnte erst wieder sprechen, als sich seine innere Erregung etwas gelegt hatte, und dann sagte er sehr leise: »Ja. Natürlich. Der König von Finnland. War er nett?«

Eine Stunde drauf saß Mr. Brook in seinem Büro und schaute aus dem Fenster. Die Bäume in der ruhigen Westbridge Street waren fast entlaubt, und die grauen College-Gebäude sahen still und melancholisch aus. Als er müßig das vertraute Bild in sich aufnahm, bemerkte er Drakes alten Airedale-Terrier, der die Straße entlangwackelte. Er hatte es schon hundertmal beobachtet – was kam ihm also daran so sonderbar vor? Dann begriff er mit einer Art kalter Überraschung, daß der alte Hund rückwärts lief. Mr. Brook sah dem Airedale nach, bis er ihm aus dem Blickfeld entschwand, und dann nahm er die Arbeit an den Kanons wieder auf, die seine Kontrapunkt-Klasse abgegeben hatte.

Ein Baum, ein Felsen, eine Wolke

Es regnete an jenem Morgen, und es war noch sehr dunkel. Als der Junge beim Tram-Café ankam, hatte er seine Tour fast beendet, und er ging hinein, um eine Tasse Kaffee zu trinken. Es war ein die ganze Nacht hindurch geöffnetes Café, das einem verbitterten und geizigen alten Mann namens Leo gehörte. Nach der naßkalten, leeren Straße erschien das Café freundlich und hell. An der Bar waren einige Soldaten und drei Arbeiter von der Baumwollspinnerei, und an der Ecke saß vornübergebeugt ein Mann und ließ die Nase und das halbe Gesicht in sein Bierseidel hängen. Der Junge trug einen Sturzhelm, wie ihn Flugpiloten tragen. Als er das Café betrat, schnallte er den Kinnriemen ab und schlug die rechte Klappe über seinem kleinen rosa Ohr in die Höhe. Meistens, wenn er hier seinen Kaffee trank, redete der eine oder andere nett mit ihm. Aber heute früh blickte ihn Leo nicht an, und von den Männern sprach keiner. Er zahlte und wollte schon das Café verlassen, als ihm eine Stimme nachrief: »Son! Heda, Son!«

Er wandte sich um, und der Mann an der Ecke hatte den Zeigefinger gekrümmt und nickte ihm zu. Er hatte das Gesicht aus dem Bierseidel gehoben und sah plötzlich sehr glücklich aus. Der Mann war groß und bleich und hatte eine lange Nase und ausgeblichenes, apfelsinenfarbenes Haar.

»Heda, Son!«

Der Junge ging zu ihm. Er war etwa zwölf Jahre alt, aber im Wachstum zurückgeblieben, und wegen der Last seiner Zeitungstasche war die eine Schulter hinaufgezogen. Sein Gesicht war platt und von Sommersprossen übersät; seine Augen waren runde Kinderaugen.

»Ja, Mister?«

Der Mann legte die eine Hand auf die Schulter des Zeitungsjungen, faßte ihm dann unters Kinn und drehte sein Gesicht langsam von einer Seite auf die andre. Der Junge zuckte verlegen zurück: »Heh! Was woll'n Sie denn von mir?«

Die Stimme des Jungen war schrill; es wurde auf einmal ganz still im Café.

Der Mann sagte langsam: »Ich liebe dich!«

Alle Männer an der Bar lachten los. Der Junge, der ihm mit finsterem Gesicht ausgewichen war, wußte nicht, was er tun sollte. Er blickte über die Bartheke hinweg zu Leo, und Leo beobachtete ihn mit einem verdrossenen, brüchigen Grinsen. Der Junge versuchte, auch zu lachen. Aber der Mann sah ernst und traurig aus.

»Ich wollte dich nicht foppen, Son«, sagte er. »Setz dich und trink ein Bier mit mir. Ich muß dir was erklären!«

Vorsichtig und mit einem Seitenblick versuchte der Junge, die Männer an der Bar zu mustern, um herauszufinden, was er tun solle. Aber sie hatten sich wieder ihrem Bier oder ihrem Frühstück zugewandt und kümmerten sich nicht um ihn. Leo stellte eine Tasse Kaffee und ein Kännchen Sahne auf die Bartheke.

»Er ist minderjährig«, sagte er.

Der Zeitungsjunge zog sich auf den Barschemel. Sein Ohr unter der hochgestellten Ohrenklappe war sehr klein und rot. Der Mann nickte ihm ernst zu. »Es ist etwas Wichtiges«, sagte er. Dann faßte er in die hintere Hosentasche und zog etwas heraus; er hielt es dem Jungen zum Betrachten hin.

»Schau es dir genau an!« sagte er.

Der Junge blickte hin, konnte aber nichts entdecken, was man genau anschauen müßte. Der Mann hielt eine Photographie in seiner großen, schmuddligen Handfläche. Es war das Gesicht einer Frau, aber verschwommen, so daß nur ihr Hut und das Kleid, das sie trug, scharf hervortraten.

»Siehst du's?« fragte der Mann.

Der Junge nickte, und der Mann steckte sich eine andere Photographie in die Handfläche. Hier stand die Frau in einem Badeanzug am Strand. Durch den Badeanzug zeichnete sich der Bauch sehr ab, und das war das einzige, was einem auffiel.

»Hast du's genau angeschaut?« Er beugte

sich vor und fragte schließlich: »Hast du sie schon mal gesehen?«

Der Junge saß still und rührte sich nicht, sondern blickte nur schräg aus den Augenwinkeln auf den Mann: »Ich glaube nicht.«

»Aha!« Der Mann blies auf die Photos und steckte sie wieder in die Tasche. »Das war meine Frau.«

»Ist sie tot?« fragte der Junge.

Der Mann schüttelte langsam den Kopf. Er spitzte den Mund, als ob er pfeifen wollte, und antwortete mit einem langgedehnten: »Naaaain! Ich werd's dir erklären.«

Das Bier in dem großen braunen Seidel stand vor dem Mann auf der Bartheke. Er hob es nicht auf, als er trinken wollte. Statt dessen beugte er sich herunter, legte das Gesicht auf den Rand und ließ es dort, wie um auszuruhen. Dann kippte er das Seidel mit beiden Händen ein wenig vor und schlürfte.

»Eines schönen Abends wirst du mit deiner großen Nase im Seidel einschlafen und versaufen«, sagte Leo. »Berühmter Durchreisender ertrinkt im Bier. Das wäre ein flotter Tod!«

Der Zeitungsjunge versuchte, Leo ein Zeichen zu machen. Während der Mann nicht hinsah, verzog er das Gesicht, bewegte stumm die Lippen und fragte: »Besoffen?« Aber Leo zog nur die Augenbrauen in die Höhe, drehte sich um und legte ein paar rosa Speckstreifen auf den Grill. Der Mann schob das Seidel weg, richtete sich auf und faltete seine schlaffen, verkrümmten Hände auf der Bartheke. Sein Gesicht war traurig, als er den Zeitungsjungen ansah. Die Lider zwinkerten nicht, aber von Zeit zu Zeit schlossen sie sich zart und schwer über den blaßgrünen Augen. Draußen graute der Morgen, und der Junge verschob das Gewicht seiner Zeitungstasche.

»Ich will von der Liebe sprechen«, sagte der Mann. »Bei mir ist sie ein System.«

Der Junge rutschte halb vom Barschemel herunter. Aber der Mann hob den Zeigefinger, und er hatte etwas an sich, das den Jungen festhielt, so daß er nicht fortgehen konnte.

»Vor zwölf Jahren habe ich mich mit der Frau auf der Photographie verheiratet. Ein Jahr, neun Monate, drei Tage und zwei Nächte war sie meine Frau. Ich habe sie geliebt. Ja ...« Er straffte seine undeutliche, schwankende Stimme und wiederholte: »Ich habe sie geliebt. Und ich glaubte, daß sie mich auch liebte. Sie hatte ein behagliches, schönes Heim. Nie kam mir der Gedanke, sie könne nicht zufrieden sein. Aber weißt du, was dann geschah?«

»Miiiiau!« machte Leo.

Der Mann wandte die Augen nicht vom Gesicht des Jungen ab. »Sie hat mich verlassen.

Eines Abends kam ich heim, und das Haus war leer, und sie war fort. Sie hat mich verlassen.«

»Mit einem andern?« fragte der Junge.

Der Mann legte seine Handfläche sachte auf die Bartheke. »Das ist wohl selbstverständlich, Son! Frauen laufen nie alleine fort.«

Das Café war still, und draußen auf der Straße fiel dunkel und unaufhörlich der sanfte Regen. Leo drückte den brutzelnden Speck mit den Zinken seiner langen Gabel herunter: »Und seit elf Jahren jagen Sie also dem Weibsbild nach, Sie abgeklapperter alter Knabe!«

Der Mann blickte zum erstenmal auf Leo: »Bitte nicht so ordinär! Außerdem habe ich gar nicht mit Ihnen gesprochen.« Er wandte sich wieder an den Jungen und sagte vertraulich und mit heimlicher, gedämpfter Stimme: »Um den kümmern wir uns gar nicht! Einverstanden?«

Der Zeitungsjunge nickte unsicher.

»Es war nämlich so«, fuhr der Mann fort. »Ich bin ein sehr gefühlvoller Mensch. Mein Leben lang hat immer irgend etwas großen Eindruck auf mich gemacht: Mondschein – ein schönes Mädchenbein – immer eins nach dem andern. Aber der Witz ist nun der: wenn ich irgend etwas genossen hatte, dann überkam mich ein merkwürdiges Gefühl, als ob es lose in mir herumliege. Nichts schien sich bis zu Ende abzurollen, nichts schien zu den andern Dingen zu passen. Frauen? Von denen hatte ich mein Teil. Es war das gleiche. Hinterher lagen sie lose in mir herum. Ich war ein Mensch, der nie geliebt hatte.«

Sehr langsam schloß er die Augenlider, und es war, wie wenn sich im Theater am Schluß eines Auftritts der Vorhang senkt. Als er wieder sprach, war seine Stimme erregt, und die Worte überstürzten sich, und an seinen großen, schlaffen Ohren zitterten die Ohrläppchen.

»Dann begegnete ich jener Frau. Ich war einundfünfzig, und sie war dreißig, wie sie sagte. Ich traf sie an einer Tankstelle, und nach drei Tagen waren wir verheiratet. Und weißt du, wie das war? Ich kann's dir gar nicht beschreiben. Alles, was ich je empfunden hatte, sammelte sich um jene Frau. Nichts lag mehr lose in mir herum: durch sie kam alles in Ordnung.«

Der Mann brach plötzlich ab und rieb sich die lange Nase. Seine Stimme klang leiser und gleichmäßig vorwurfsvoll. »Ich erkläre es nicht ganz richtig. Es war vielmehr so. Die schönen Gefühle und die kleinen Freuden lagen lose in mir herum. Und die Frau war für meine Seele so etwas wie ein laufendes Band. Ich ließ die losen Teilchen meines Selbst durch sie hindurchlaufen, und heraus kam ich als Ganzes. Verstehst du mich jetzt?«

»Wie hieß sie?« fragte der Junge.

»Oh«, sagte er, »ich nannte sie Dodo. Aber das gehört nicht hierher.«

»Haben Sie versucht, sie zurückzuholen?«

Der Mann schien nicht hinzuhören. »Unter solchen Umständen kannst du dir wohl vorstellen, wie mir zumute war, als sie mich verließ.«

Leo nahm den Speck vom Grill und legte zwei Streifen zwischen ein Brötchen. Er hatte ein graues Gesicht mit Schlitzaugen und einer mickrigen Nase, in deren Buchten bläuliche Schatten saßen. Einer von den Arbeitern verlangte nochmals Kaffee, und Leo schenkte ihm ein. Er goß nie umsonst nach. Die Spinnereiarbeiter nahmen jeden Morgen ihr Frühstück bei ihm ein, aber je besser Leo seine Kunden kannte, um so geiziger behandelte er sie. An seinem eigenen Brötchen knabberte er auch herum, als ob er sich's nicht einmal selber gönnte.

»Und Sie haben sie nie wieder erwischt?«

Der Junge wußte nicht, was er von dem Mann halten sollte, und in seinem Kindergesicht stritten sich Neugier und Zweifel. Er war noch ein Neuling auf seiner Zeitungsrunde, und er fand es immer noch seltsam, in der merkwürdigen, dunklen Morgenfrühe unterwegs zu sein.

»Nein«, sagte der Mann. »Ich unternahm allerhand Schritte, um sie wiederzubekommen. Ich reiste umher und versuchte, sie aufzustöbern. Ich fuhr nach Tulsa, wo sie Verwandte hatte.

Und nach Mobile. Ich reiste in jede Stadt, die sie je erwähnt hatte, und ich spürte jedem Mann nach, mit dem sie früher bekannt war. Tulsa, Atlanta, Chicago, Cheehaw, Memphis ... Fast zwei Jahre lang jagte ich im Land umher und versuchte, sie zu erwischen.«

»Aber das Pärchen war vom Erdboden verschwunden«, sagte Leo.

»Höre nicht auf ihn«, sagte der Mann vertraulich. »Und denk auch nicht mehr an die zwei Jahre. Sie waren nicht wichtig. Wichtig ist, daß mir im dritten Jahr etwas Sonderbares widerfuhr.«

»Was denn?« fragte der Junge.

Der Mann beugte sich vor und kippte das Seidel etwas schräg, um einen Schluck Bier zu schlürfen. Aber seine Nasenflügel zitterten leise, als er an dem schalen Bier roch, und er trank nicht. »Jedenfalls ist die Liebe etwas sehr Sonderbares. Zuerst dachte ich nur daran, sie wiederzubekommen. Es war wie eine Zwangsvorstellung. Und dann versuchte ich allmählich, mich an sie zu erinnern. Aber kannst du dir vorstellen, was mir passierte?«

»Nein«, antwortete der Junge.

»Wenn ich mich aufs Bett legte und versuchte, an sie zu denken, dann war mein Kopf plötzlich vollkommen leer. Ich konnte sie nicht sehen. Ich holte ihre Bilder hervor und betrachtete sie. Es nützte nichts. Es war ganz vergebens. Völlige Leere. Kannst du dir so was vorstellen?«

»Heda, Mac!« rief Leo einem Manne weiter unten an der Bar zu. »Kannst du dir so was vorstellen? Der Dummbart hat nichts im Kopf!«

Langsam, als verscheuche er eine Fliege, fuhr die Hand des Mannes durch die Luft. Seine grünen Augen hefteten sich gespannt auf das platte kleine Gesicht des Zeitungsjungen.

»Doch plötzlich bei einer Glasscherbe auf dem Bürgersteig – oder bei einem Schlager aus einem Musikautomaten – oder bei einem Schatten des Nachts auf der Mauer: da konnte ich mich an sie erinnern. Vielleicht geschah's auf der Straße; dann weinte ich oder schlug mit dem Kopf gegen einen Laternenpfahl. Verstehst du das?«

»Bei einem Stück Glas ...?« fragte der Junge.

»Bei allem möglichen. Ich schlenderte umher, und es stand nicht in meiner Macht, wann und wie ich mich an sie erinnerte. Du meinst sicher, man könnte sich mit einer Art Schild dagegen schützen. Aber die Erinnerung kommt nie von vorne auf einen zu – sie kommt seitlich um die Ecke. Allem, was ich sah und hörte, war ich gewissermaßen ausgeliefert. Anstatt daß ich die Gegend nach ihr abjagte, begann *sie* mich plötzlich in meiner Seele herumzujagen. *Sie* jagte *mich*, denk bloß an! Und in meiner Seele.«

Schließlich fragte der Junge: »In welchem Staat waren Sie damals?«

»Ach«, ächzte der Mann, »ich war richtig krank. Als hätt ich die Windpocken. Ich muß gestehen, Son, daß ich zu saufen anfing. Und herumhurte. Ich beging jede Sünde, die mir in den Sinn kam. Es widert mich an, das zu gestehen, aber ich tu's trotzdem. Wenn ich mich an jene Zeit erinnere, stockt mir das Denken – es war so furchtbar!«

Der Mann beugte den Kopf vornüber und schlug mit der Stirn auf die Bartheke. Ein paar Sekunden lang blieb er so: der Nacken seines sehnigen Halses war mit apfelsinenfarbenen Stoppeln bedeckt, und die Hände mit den langen, verkrümmten Fingern hielt er Handfläche gegen Handfläche, wie im Gebet. Dann richtete der Mann sich wieder auf; er lächelte, und plötzlich war sein Gesicht hell und erregt und alt.

»Im fünften Jahr war's, daß es mir widerfuhr«, sagte er. »Und damit begann mein System.«

Leos Mund sprang in flüchtigem, blassem Grinsen auf. »Keiner von uns wird jünger«, sagte er. Dann zerknüllte er in jähem Ärger ein Geschirrtuch und schleuderte es auf den Fußboden. »Sie liederlicher alter Schürzenjäger!«

»Was kam dann?« fragte der Junge.

Die Stimme des alten Mannes war hell und klar. »Der Frieden«, antwortete er.

»Hm?«

»Es ist nicht so leicht, dir das wissenschaftlich zu erklären, Son«, sagte er. »Ich vermute, logisch läßt es sich einfach so erklären, daß sie und ich so lange voreinander fortrannten, bis wir schließlich ganz verstrickt waren und uns hinlegten und es aufgaben. Frieden. Eine sonderbare und schöne Leere. In Portland war es Frühling, und es regnete jeden Nachmittag. Den ganzen Abend blieb ich im Dunkeln auf meinem Bett liegen. Und so erwarb ich mir mein System.«

Die Fenster draußen spiegelten das blaßblaue Licht. Die beiden Soldaten bezahlten ihr Bier und öffneten die Tür; der eine kämmte sich das Haar und wischte sich den Schmutz von den Wickelgamaschen, ehe er nach draußen ging. Die drei Spinnereiarbeiter beugten sich stumm über ihr Frühstück. An der Wand tickte Leos Uhr.

»Es ist so. Und hör jetzt gut zu! Ich hab über die Liebe meditiert und es alles herausgefunden. Ich hab begriffen, was wir falsch machen. Ein Mann verliebt sich zum erstenmal. Und in was verliebt er sich?«

Der weiche Mund des kleinen Jungen stand etwas offen; er gab keine Antwort.

»In eine Frau«, sagte der alte Mann. »Ohne

System, ohne die geringste Anleitung wagt sich der Mann an das gefährlichste und heiligste Erlebnis auf Gottes Erde. Er verliebt sich in eine Frau. Hab ich recht, Son?«

»Ja«, sagte der Junge leise.

»Aber sie fangen die Liebe am falschen Ende an. Sie fangen beim Höhepunkt an. Kann man sich da wundern, daß es unglücklich ausgeht? Weißt du, wie die Menschen lieben sollten?«

Der alte Mann packte den Zeitungsjungen beim Kragen seiner Lederjacke und schüttelte ihn ganz sachte, während seine grünen Augen ernst und ohne zu zwinkern auf ihn niederschauten.

»Son, weißt du, wie Liebe anfangen sollte?«

Der Junge saß ganz klein und still da und hörte zu. Er schüttelte langsam den Kopf. Der alte Mann beugte sich näher heran und flüsterte:

»Ein Baum. Ein Felsen. Eine Wolke.«

Auf der Straße draußen regnete es immer noch. Ein milder, grauer, unaufhörlicher Regen. Die Fabriksirene pfiff zum Schichtwechsel, und die drei Spinnereiarbeiter zahlten und gingen. Nun war niemand mehr im Café außer Leo, dem alten Mann und dem kleinen Zeitungsjungen.

»In Portland war das Wetter so wie heute«, erzählte der alte Mann. »Damals fing ich mit meinem System an. Ich meditierte, und ich ging ganz behutsam vor. Ich brachte irgend etwas von der Straße mit nach Hause. Ich kaufte einen Goldfisch und konzentrierte mich auf den Goldfisch und liebte ihn. Und so stieg ich von einer Stufe zur nächsten. Tag für Tag habe ich mich darin geübt. Auf dem Wege von Portland nach San Diego . . .«

»Ach, hör schon auf!« schrie Leo plötzlich. »Hör auf! Hör schon auf!«

Der alte Mann hielt den Jungen noch immer beim Jackenkragen gepackt. Er zitterte, und sein Gesicht war ernst und leuchtete wild. »Sechs Jahre bin ich nun ganz allein herumgezogen und hab mein System. Und jetzt bin ich darin ein Meister geworden, Son! Ich kann alles lieben. Ich brauche nicht mal mehr darüber nachzudenken. Ich sehe eine Straße mit vielen Menschen, und ein schönes Licht erfüllt mich. Ich beobachte einen Vogel in den Lüften. Oder ich begegne einem Wanderer auf der Landstraße – einerlei, was, Son, und einerlei, wer es ist. Alles ist fremd, und alles liebe ich. Begreifst du, was ein System wie meins bedeuten kann?«

Der Junge saß steif da. Die Hände hatte er um den Rand der Bartheke geklammert. Schließlich fragte er: »Haben Sie die Dame noch gefunden?«

»Wie? Was hast du gesagt, Son?«

»Ich meinte«, sagte der Junge schüchtern, »ob Sie sich wieder in eine Frau verliebt haben?«

Der alte Mann ließ den Kragen des Jungen los. Er wandte sich ab, und zum erstenmal stand in seinen grünen Augen ein unsicherer und wirrer Ausdruck. Er hob das Seidel von der Theke und kippte das gelbe Bier hinunter. Er schüttelte sehr langsam den Kopf. Dann endlich antwortete er: »Nein, Son! Das wäre nämlich der letzte Schritt in meinem System. Ich gehe aber behutsam vor. Und so weit bin ich noch nicht.«

»Sowas!« sagte Leo. »Sowas! Sowas!«

Der alte Mann stand in der offenen Tür. »Vergiß es nicht«, sagte er. Im feuchten, grauen Licht der ersten Morgenfrühe sah er eingeschrumpft und schäbig und gebrechlich aus. Aber sein Lächeln war strahlend. »Vergiß es nicht, daß ich dich liebe«, sagte er und nickte noch ein letztes Mal. Und die Tür fiel leise hinter ihm ins Schloß.

Lange Zeit sagte der Junge kein Wort. Er zupfte an den Haarsträhnen, die ihm in die Stirn hingen, und fuhr mit dem schmutzigen kleinen Zeigefinger um den Rand seiner leeren Tasse. Dann fragte er endlich, ohne Leo anzusehen: »War er betrunken?«

»Nein«, antwortete Leo knapp.

Der Junge hob die Stimme: »Dann war er wohl einer, der Rauschgift nimmt?«

»Nein.«

Der Junge blickte zu Leo auf, und sein plattes

Gesichtchen war ratlos, und die Stimme war hartnäckig und schrill: »War er denn verrückt? Glauben Sie, daß er wahnsinnig ist?« Und in jähem Zweifel ließ der Zeitungsjunge die Stimme sinken: »Leo? Oder was sonst?«

Aber Leo antwortete ihm nicht. Vierzehn Jahre lang hatte er das kleine Nachtcafé gehabt, und er war überzeugt, daß er sich auskannte, was Verrücktheit betraf. Aus der Stadt kamen sie, oder auch Durchreisende, die nachts hier auftauchten. Er kannte den Wahn jedes einzelnen von ihnen. Aber die Fragen des wartenden Kindes wollte er nicht beantworten. Er verkniff sein bleiches Gesicht und schwieg.

Der Junge zog die rechte Ohrenklappe seines Sturzhelms herunter, und als er sich zum Gehen wandte, machte er eine Bemerkung – die einzige, die ihm geheuer schien, die einzige, derentwegen ihn keiner auslachen und verachten konnte: »Bestimmt ist er weit herumgekommen.«

Der Nomade

Die Dämmergrenze zwischen Schlaf und Wachen lief am heutigen Morgen durch Rom: plätschernde Springbrunnen und überwölbte, enge Straßen, verschwenderische goldene Stadt der Blütenfülle und des altersmilden Steins. Manchmal auch in solchem Dämmerzustand weilte der Nomade wieder in Paris oder in deutschen Kriegsruinen oder bei Schweizer Skilauf und in Schneehotels. Oder auf einem Brachfeld in Georgia, im Morgengrauen vor der Jagd. Rom war's am heutigen Morgen – im jahrzeitlosen Reich der Träume.

John Ferris erwachte in einem Hotelzimmer in New York. Er hatte ein Gefühl, als erwarte ihn etwas Unangenehmes – was, das vermochte er nicht zu sagen. Das Gefühl, das vor den Erfordernissen der Morgentoilette etwas zurücktrat, wirkte noch nach, als er fertig angekleidet nach unten ging. Es war ein wolkenloser Herbsttag, und pastellfarbene Wolkenkratzer zerschnitten das blasse Sonnenlicht. Ferris ging in den Drugstore nebenan und setzte sich in die letzte Nische beim Fenster, das auf den Bürgersteig blickte. Er bestellte ein amerikanisches Frühstück mit Rührei und Würstchen.

Ferris war aus Paris herübergekommen – zur Beerdigung seines Vaters, die vor einer Woche in seiner Vaterstadt in Georgia stattgefunden hatte. Durch die Erschütterung angesichts des Todes war er sich bewußt geworden, daß die Jugendzeit vorbei war. Sein Haar lichtete sich; die hervorstehenden Adern an den jetzt schütteren Schläfen pochten, und sein Körper war bis auf den Ansatz zu einem Bauch ausgesprochen hager. Ferris hatte seinen Vater geliebt, und die zwischen ihnen bestehende Bindung war einst außergewöhnlich eng gewesen; doch irgendwie hatten die Jahre seine Sohnesliebe verkümmern lassen, und nun hatte der Tod – obwohl seit langem erwartet – ihn mit einer unvorhergesehenen Bestürzung erfüllt. Er war so lange wie möglich geblieben, um seiner Mutter und den Brüdern zu Hause nahe zu sein. Sein Flugzeug nach Paris sollte am nächsten Morgen starten.

Ferris holte sein Adreßbuch hervor, um eine Nummer festzustellen. Mit zunehmender Aufmerksamkeit blätterte er die Seiten um. Namen und Adressen aus New York, aus den Hauptstädten Europas, ein paar verblaßte aus seinem Heimatstaat im Süden. Verblaßte Buchstaben in Druckschrift, krakelige, betrunkene. Betty Wills: ein Zufallsliebchen, jetzt verheiratet. Charlie Williams: verwundet im Hürtgenwald, seither nichts mehr von ihm gehört. Der prächtige alte Williams – ob er lebte oder ob er gestorben war? Don Walker: ein Bonze beim Fernsehen, der zu Geld kam. Henry Green: nach dem Krieg auf die schiefe Ebene geraten, soll jetzt in einem Sanatorium sein. Cozie Hall: die sollte ja tot sein, wie er gehört hatte. Die unbekümmerte, lachende Cozie – seltsamer Gedanke, daß auch sie, eine dumme Kleine, sterben konnte. Als Ferris das Adreßbuch zuklappte, wehte es ihn an wie Unbeständigkeit, wie Vergänglichkeit, fast wie Furcht.

Und gerade da fuhr er plötzlich zusammen. Er hatte aus dem Fenster gestarrt, und draußen, auf dem Bürgersteig, kam Elizabeth, seine geschiedene Frau, vorbei. Sie kam ziemlich dicht an ihm vorbei und ging langsam. Er konnte den wilden Aufruhr seines Herzens nicht verstehen, auch nicht das darauffolgende Gefühl von Leichtsinn und Zuneigung, das noch anhielt, nachdem sie fort war.

Rasch zahlte Ferris seine Rechnung und stürzte auf den Bürgersteig hinaus. Elizabeth stand an der Straßenecke und wartete, um die Fifth Avenue zu überqueren. Mit der Absicht, sie zu sprechen, eilte er auf sie zu, doch die Lichtsignale wechselten, ehe er sie erreicht hatte, und sie ging über die Straße. Ferris folgte ihr. Auf der andern Seite hätte er sie mühelos einholen können, entdeckte aber, daß er seltsamerweise zauderte. Ihr schönes braunes Haar trug sie schlicht aufgerollt, und während er ihr nachsah, fiel ihm ein, daß sein Vater einst gesagt hatte, Elizabeth »hielte sich so gut«. Sie bog um die nächste Straßenecke, und Ferris folgte ihr, obwohl die Absicht, sie einzuholen, inzwischen verflogen war. Die körperliche Erregung, die ihr Anblick in ihm ausgelöst hatte, die feuchten Hände und das starke Herzklopfen stimmten ihn nachdenklich.

Vor acht Jahren hatte Ferris seine einstige Frau zum letztenmal gesehen. Er wußte, daß sie längst wieder verheiratet war. Und sie hatte Kinder bekommen. Während der letzten Jahre hatte er selten an sie gedacht. Doch zuerst, nach der Scheidung, hatte ihr Verlust ihn fast zugrunde gerichtet. Dann hatte die Zeit seinen Schmerz gestillt, und er hatte wieder geliebt, und dann abermals. Jetzt war es Jeannine. Bestimmt war die Liebe zu seiner einstigen Frau längst erloschen. Warum also die körperliche Erregung, die seelische Erschütterung? Er begriff nur, daß sein umwölktes Herz in einem seltsamen Mißklang zu dem sonnigen, klaren Herbsttag stand. Ferris schwenkte jäh um, und mit langen Schritten, ja, beinahe rennend, eilte er in sein Hotel zurück.

Ferris schenkte sich einen Drink ein, obwohl es noch nicht elf Uhr war. Wie ein Erschöpfter lag er hingegossen in einem Sessel und umklammerte sein Glas Bourbon mit Wasser. Er hatte noch einen ganzen Tag vor sich, da er erst am nächsten Morgen mit dem Flugzeug nach Paris zurückkehrte. Er zählte sich auf, was er noch zu tun hatte: das Gepäck zur Air France bringen, mit seinem Chef zu Mittag essen, Schuhe und einen Mantel kaufen. Und noch etwas – war's nicht noch etwas gewesen? Ferris trank sein Glas leer und schlug das Telephonbuch auf.

Der Entschluß, seine einstige Frau anzurufen, kam unvermittelt. Die Nummer stand unter Bailey, dem Namen ihres Mannes, und er rief an, ehe er Zeit hatte, mit sich zu Rate zu gehen. Er und Elizabeth hatten zu Weihnachten Glückwunschkarten ausgetauscht, und als Ferris ihre Vermählungsanzeige erhielt, hatte er ihr ein Tranchierbesteck geschickt. Es bestand kein Grund, sie nicht anzurufen. Aber als er das Läuten am andern Ende der Leitung hörte und wartete, quälten ihn Befürchtungen.

Elizabeth antwortete; ihre vertraute Stimme bedeutete eine neue Erschütterung. Zweimal mußte er seinen Namen wiederholen, aber als sie ihn erkannt hatte, schien sie sich zu freuen. Er erklärte ihr, daß er nur den einen Tag in der Stadt sei. Sie hätten Theaterkarten, sagte sie – aber könnte er vielleicht zu einem frühen Abendessen kommen? Ferris sagte mit Freuden zu.

Während er eine Besorgung nach der andern erledigte, bedrückte ihn in ausgefallenen Augenblicken immer wieder das Gefühl, etwas Wesentliches vergessen zu haben. Am Spätnachmittag badete er und zog sich um, wobei er oft an Jeannine dachte: nächste Nacht würde er bei ihr sein. »Jeannine«, würde er sagen, »in New York habe ich zufällig meine einstige Frau getroffen. Hab mit ihr gegessen. Und mit ihrem Mann, natürlich. Es war eigentümlich, sie nach all den Jahren wiederzusehen.«

Elizabeth wohnte auf der Ostseite in einer von den Fünfziger Straßen, und als Ferris im Taxi hinfuhr, erhaschte er an den Kreuzungen einen Blick auf die langsam sinkende Sonne; doch bis er sein Ziel erreicht hatte, war es schon herbstlich dunkel. Das Haus war ein Gebäude mit Sonnensegel über der Vorfahrt und mit einem Portier; die Wohnung lag im siebenten Stock.

»Kommen Sie bitte rein, Mr. Ferris!«

Ferris war auf Elizabeth oder sogar auf den ihm unbekannten Ehemann eingestellt und wunderte sich daher über das sommersprossige, rothaarige Kind. Er hatte gewußt, daß Kinder da waren, doch irgendwie hatte er ihnen keinen Platz in seinem Denken gegönnt. Vor Überraschung trat er verlegen einen Schritt zurück.

»Sind Sie nicht Mr. Ferris?« fragte das Kind höflich. »Ich bin Billy, und hier ist unsre Wohnung. Kommen Sie doch rein!«

Der Ehemann im Wohnzimmer jenseits des

Flurs stellte eine zweite Überraschung dar: auch ihn hatte er noch nicht gefühlsmäßig anerkannt. Bailey war ein schwerfälliger rothaariger Mann von bedächtigem Wesen. Er erhob sich und hieß ihn mit ausgestreckter Hand willkommen.

»Bill Bailey. Freut mich, Sie kennenzulernen. Elizabeth kommt auch gleich. Sie zieht sich nur fertig an.«

Seine letzten Worte lösten eine Reihe vorbeifließender Bilder aus: Erinnerungen an frühere Jahre. Die hübsche Elizabeth vor ihrem Bad, rosig und nackt. Halb angekleidet vor dem Spiegel ihres Frisiertisches, das schöne kastanienbraune Haar bürstend. Süße, selbstverständliche Vertrautheit, liebliches weiches Fleisch in unangefochtenem Besitz. Ferris schrak zurück vor den unerbetenen Erinnerungen und zwang sich, Bill Baileys Blick zu begegnen.

»Billy, hole doch bitte das Tablett mit den Drinks vom Küchentisch!«

Der Junge gehorchte sofort, und als er gegangen war, bemerkte Ferris im Plauderton: »Sie haben einen netten Jungen!«

»Das finden wir auch.«

Ein flaues Schweigen, bis der Junge ein Tablett mit Gläsern und einen Cocktail-Shaker mit Martinis anbrachte. Unter dem Einfluß des Alkohols belebte sich die Unterhaltung: sie sprachen von Rußland, von der New Yorker

Kritik und von der Wohnungsfrage in Manhattan und in Paris.

»Mr. Ferris fliegt morgen die ganze Strecke über den Atlantik«, sagte Bailey zu dem kleinen Jungen, der ruhig und brav auf der Armlehne seines Sessels thronte. »Sicher möchtest du als blinder Passagier in seinem Koffer mitreisen!«

Billy strich sich die schlaffen Haarsträhnen aus der Stirn. »Ich möchte in einem Flugzeug fliegen und so ein Zeitungsmann wie Mr. Ferris sein.« Und sehr überzeugt schloß er plötzlich: »Ja, das möcht ich, wenn ich groß bin!«

Bailey entgegnete: »Ich dachte, du wolltest Arzt werden?«

»Will ich auch«, sagte Billy. »Ich möchte beides werden. Ich möchte auch Atomforscher werden.«

Elizabeth kam ins Zimmer, auf dem Arm ein kleines Mädchen.

»O John!« rief sie. Das Baby setzte sie dem Vater auf den Schoß. »Es ist fein, dich wiederzusehen! Ich freue mich schrecklich, daß du gekommen bist!«

Das kleine Mädchen saß artig auf Baileys Knien. Es trug ein rosa Crêpe-de-Chine-Kleidchen mit rosenrot gesmoktem Oberteil, dazu ein passendes seidenes Haarband, das die hellen weichen Locken zurückhielt. Seine Haut war sommerlich gebräunt, und die braunen Augen waren goldgesprenkelt und lachten. Als es das Ärmchen ausstreckte und seines Vaters Hornbrille betastete, nahm er sie ab und ließ es einen Augenblick hindurchschauen. »Was macht mein Zuckerstengel?«

Elizabeth war wunderschön, vielleicht noch viel schöner, als es ihm je zum Bewußtsein gekommen. Ihr glattes, seidiges Haar schimmerte. Ihr Gesicht war sanfter, leuchtend und gelassen. Es war eine Madonnenschönheit, bedingt durch den häuslichen Kreis.

»Du hast dich beinah gar nicht verändert«, sagte Elizabeth, »und doch ist es so lange her!«

»Acht Jahre sind's!« Seine Hand tastete verlegen über sein schütteres Haar, während sie weitere freundliche Redensarten wechselten.

Ferris empfand sich plötzlich als Zuschauer, als Eindringling bei diesen Baileys. Warum war er hergekommen? Er litt. Sein eigenes Leben erschien ihm so einsam, eine letzte morsche Säule inmitten der Trümmer seiner Lebensjahre, die nichts und niemanden stützte. Er glaubte es nicht mehr lange in dem Familienzimmer aushalten zu können.

Er blickte auf seine Uhr. »Ihr geht also ins Theater?«

»Ja, es ist zu schade«, sagte Elizabeth, »aber wir hatten es schon vor mehr als einem Monat verabredet. Aber du, John – du wirst doch bestimmt eines Tages mal – in absehbarer Zeit – endgültig heimkommen? Du willst doch nicht ewig ein Heimatloser bleiben, nicht wahr?«

»Ein Heimatloser?« wiederholte Ferris. »Das Wort gefällt mir nicht sehr.«

»Weißt du ein besseres?« fragte sie.

Er dachte einen Augenblick nach. »Vielleicht würde ›Nomade‹ besser passen.«

Ferris blickte wieder auf seine Uhr, und Elizabeth entschuldigte sich noch einmal. »Wenn wir's nur rechtzeitig gewußt hätten ...«

»Ich hatte nur diesen einen Tag für die Stadt. Ich mußte unerwartet heimfahren. Papa ist nämlich vorige Woche gestorben.«

»Papa Ferris ist gestorben?«

»Ja, in der Johns-Hopkins-Klinik. Er hat fast ein Jahr dort gelegen. Die Beerdigung war zu Haus in Georgia.«

»Ach, wie leid mir das tut, John! Papa Ferris stand mir immer ganz besonders nahe.«

Der kleine Junge kam hinter dem Sessel hervor, um seiner Mutter ins Gesicht zu schauen. »Wer ist gestorben?« fragte er.

Ferris vergaß seine Umgebung: er dachte an seinen toten Vater. Er sah wieder auf der gepolsterten Seide des Sarges den Leichnam liegen. Das Fleisch der Leiche war grotesk rosig geschminkt; die vertrauten Hände lagen gefaltet und wie versteinert auf einer Rosendekoration. Die Erinnerung versank, und Ferris vernahm Elizabeths gelassene Stimme.

»Mr. Ferris' Vater, Billy. Ein wirklich großartiger Mensch. Jemand, den du nicht kennst.«

»Aber warum hast du ihn *Papa* Ferris genannt?«

Bailey und Elizabeth sahen sich ratlos an. Dann antwortete Bailey auf die Frage des Kindes. »Vor langer Zeit waren deine Mutter und Mr. Ferris miteinander verheiratet«, sagte er. »Bevor du geboren wurdest. Es ist sehr lange her.«

»Mr. Ferris?«

Der kleine Junge starrte Ferris betroffen und ungläubig an. Und auch Ferris' Augen waren irgendwie ungläubig, als er den Blicken standhielt. War es wirklich wahr, daß er diese Fremde, Elizabeth, in Liebesnächten einst »molliges Lämmchen« genannt hatte? Daß sie zusammen gelebt und an die tausend Tage und Nächte geteilt hatten, um schließlich im Jammer jäher Einsamkeit mitanzusehen, wie das Gespinst ihrer ehelichen Liebe Faser um Faser durch Eifersucht und Alkohol und Geldstreitigkeiten zerstört wurde?

Bailey sagte zu den Kindern: »Jetzt ist's aber Abendbrotzeit! Los, kommt mit!«

»Aber Daddy! Mama und Mr. Ferris ... ich ...«

Billys unablässiger Blick – verblüfft und ein wenig feindselig – erinnerte Ferris an die Blicke eines andern Kindes: an den kleinen Sohn von Jeannine, einen siebenjährigen Jungen mit verschattetem Gesicht und höckerigen Knien, den Ferris mied und meistens vergaß.

»Nun aber – marsch!« Bailey schob Billy sanft zur Tür. »Sag jetzt gute Nacht, Jungchen!«

»Gute Nacht, Mr. Ferris!« Schmollend fuhr er fort: »Ich hab gedacht, ich dürfte für den Kuchen aufbleiben?«

»Für den Kuchen darfst du nachher wiederkommen«, sagte Elizabeth. »Lauf jetzt schnell mit Daddy und iß schön!«

Ferris und Elizabeth waren allein. Die seltsame Situation drückte lähmend auf die ersten stummen Augenblicke. Ferris bat um Erlaubnis, sich noch ein Glas einzuschenken, und Elizabeth stellte den Cocktail-Shaker auf das Tischchen neben Ferris. Er sah auf den Flügel und gewahrte die Noten auf dem Pult.

»Spielst du immer noch so schön wie früher?«

»Noch ebenso gern.«

»Bitte spiele, Elizabeth!«

Elizabeth erhob sich sofort. Ihre Bereitwilligkeit, vorzuspielen, wenn sie darum gebeten wurde, hatte stets zu ihren liebenswertesten Seiten gehört: nie hatte sie Umstände gemacht, nie

Ausreden vorgebracht. Als sie jetzt zum Flügel trat, kam noch der Wunsch hinzu, die Situation zu überbrücken.

Sie begann mit Bach, mit einem Präludium und Fuge. Das Präludium war so heiter irisierend wie ein Prisma in einem morgenhellen Raum. Die erste Stimme der Fuge kündigte sich rein und herausgelöst an, gesellte sich dann zu einer zweiten und wiederholte sich schließlich innerhalb eines kunstvollen Rahmenwerks: die vielfältige Musik strömte breit und gelassen in ruhevoller Majestät dahin. Das Hauptthema wurde mit zwei andern Stimmen verflochten und durch zahllose Einfälle ausgeschmückt. Bald vorherrschend und bald zurücktretend, besaß es die edle Überlegenheit eines Einzelwesens, das sich vor der Einordnung in ein Ganzes nicht scheut. Vor dem Finale verdichtete sich die Klangfülle zu einer letzten Verherrlichung und Betonung des dominierenden ersten Motivs, und mit Akkorden einer endgültigen Bestätigung schloß die Fuge. Ferris hatte den Kopf gegen die Rückenlehne seines Sessels gelegt und die Augen geschlossen. Durch die folgende Stille tönte eine klare, helle Stimme aus dem Zimmer jenseits des Flurs: »Daddy, wieso konnten Mama und Mr. Ferris ...« Eine Tür wurde zugemacht.

Der Flügel begann von neuem: aber was für eine Musik war das? Beziehungslos und doch vertraut hatte die glasklare Melodie lange schlafend in seinem Herzen gelegen. Jetzt sprach sie ihm von einer andern Zeit, einem andern Ort: es war die Musik, die Elizabeth immer gespielt hatte. Die zarte Melodie weckte einen Schwarm von Erinnerungen. Ferris versank in einem Aufruhr vergangener Sehnsüchte, Konflikte und widerspruchsvoller Begierden. Merkwürdig, daß die Musik, der Nährboden dieses zügellosen Tumults, so gelassen und klar war. Die liedhafte Melodie wurde durch das Erscheinen des Hausmädchens unterbrochen.

»Miss Bailey, das Essen steht jetzt auf dem Tisch!«

Selbst nachdem Ferris bei Tisch saß, zwischen Hausherrn und Hausfrau, trübte die unvollendete Musik noch seine Stimmung. Er war nicht mehr ganz nüchtern.

»*L'improvisation de la vie humaine*«, sagte er. »Nichts bringt einem das Improvisierte des menschlichen Lebens so zu Bewußtsein wie ein unvollendetes Lied. Oder ein altes Adreßbuch!«

»Ein Adreßbuch?« wiederholte Bailey, schwieg dann aber taktvoll und höflich.

»Du bist doch immer noch der alte, Johnny«, sagte Elizabeth mit einem Hauch ihrer einstigen Zärtlichkeit.

Es war ein Südstaatenessen, das es heute abend gab, und obendrein sein Lieblingsgericht.

Zum Brathuhn und dem Maisauflauf gab es lekker braunglasierte Süßkartoffeln. Während der Mahlzeit, wenn die Pausen zu lang wurden, hielt Elizabeth ein Gespräch im Gang. So fügte es sich, daß Ferris etwas von Jeannine erzählte.

»Ich habe Jeannine im vergangenen Herbst – etwa vor einem Jahr – in Italien kennengelernt. Sie ist Sängerin und hatte in Rom ein Engagement. Ich glaube, wir heiraten bald.«

Die Worte schienen so wahr und unvermeidlich, daß Ferris sich die Lüge zuerst gar nicht eingestand. Er und Jeannine hatten überhaupt nicht von Heirat gesprochen. Sie war ja auch noch verheiratet – mit einem weißrussischen Geldwechsler in Paris, von dem sie seit fünf Jahren getrennt lebte. Doch es war zu spät, die Lüge zu berichtigen. Elizabeth rief bereits: »Oh, das freut mich aber! Herzlichen Glückwunsch, Johnny!«

Er versuchte, sich der Wahrheit wieder zu nähern. »Der römische Herbst ist so schön. Voller Duft und Blüten!« Er schloß: »Jeannine hat einen kleinen Jungen, einen sechsjährigen. Ein komisch dreisprachiger kleiner Bursche. Manchmal gehen wir zu den Tuilerien.«

Wieder eine Lüge! Er hatte den Jungen ein einziges Mal in den Park mitgenommen. Der bleiche fremdländische Junge in kurzen Hosen, die seine staksigen Beine freiließen, hatte auf dem auszementierten Teich sein Schiffchen schwimmen lassen und war auf einem Pony geritten. Der Kleine wollte auch ins Kasperletheater gehen, doch dafür reichte die Zeit nicht, denn Ferris hatte eine Verabredung im Scribe-Hotel. Er hatte versprochen, an einem andern Nachmittag mit ihm zum Kasperle zu gehen. Nur das eine Mal hatte er Valentin zu den Tuilerien geführt.

Es entstand eine Unruhe. Das Mädchen brachte eine Torte mit weißem Guß und rosa Kerzen. Die Kinder erschienen im Schlafanzug. Ferris war noch immer nicht im Bilde.

»Herzlichen Glückwunsch zum Geburtstag, John!« sagte Elizabeth. »Du darfst die Kerzen ausblasen!«

Ferris erinnerte sich an sein Geburtsdatum. Die Kerzen erloschen nur schwer, und es roch nach rauchenden Dochten. Ferris war achtunddreißig Jahre alt geworden. Die Adern an seinen Schläfen wurden sichtlich dunkler und pochten.

»Es wird Zeit, daß ihr ins Theater geht!«

Ferris dankte Elizabeth für das Geburtstagsmahl und verabschiedete sich auf die übliche Art. Die ganze Familie begleitete ihn bis an die Tür.

Ein schmaler Mond leuchtete hoch über den zackigen, düsteren Wolkenkratzern. Die Straßen waren zugig und kalt. Ferris eilte zur Third Avenue und winkte ein Taxi heran. Mit einer vorsätzlichen Aufmerksamkeit, wie man sie nur bei der Abreise oder beim endgültigen Abschied aufbringt, betrachtete er die nächtliche Stadt. Er war allein. Er sehnte sich nach der Stunde des Abflugs und nach der bevorstehenden Reise.

Am nächsten Tag blickte er aus der Luft auf die Stadt hinab, die im Sonnenlicht silbrig und spielzeugklein deutlich dalag. Dann blieb Amerika hinter ihm zurück, und nur der Atlantik war da und die ferne europäische Küste. Der Ozean lag milchig blaß und still unter der Wolkendecke. Ferris schlummerte den größten Teil des Tages. Als die Dunkelheit anbrach, dachte er an Elizabeth und an den Besuch am Abend vorher. Mit Sehnsucht und leisem Neid und unerklärlicher Reue dachte er an Elizabeth inmitten ihrer Lieben. Er suchte nach der Melodie, nach der unvollendeten Weise, die ihn so aufgewühlt hatte. Der Rhythmus und ein paar unzusammenhängende Töne waren alles, was ihm geblieben war; die eigentliche Melodie entzog sich ihm. Statt dessen fand er die erste Stimme der Fuge, die Elizabeth gespielt hatte: spöttisch versetzt und in Moll war sie wieder da. Über dem Ozean hängend, vermochten ihn die Ängste vor der Vergänglichkeit und Einsamkeit nicht länger zu beunruhigen, und mit Gleichmut dachte er an seines Vaters Tod. Während der Dinnerstunde erreichte das Flugzeug die französische Küste.

Um Mitternacht saß Ferris in einem Taxi und fuhr durch Paris. Es war eine bewölkte Nacht, und um die Laternen an der Place de la Concorde rankte sich der Nebel. Die mitternächtlichen Bistros glitzerten auf den nassen Bürgersteigen. Wie immer nach einem Transozeanflug war der Wechsel von einem Kontinent zum andern zu jäh. Am Morgen in New York, um Mitternacht in Paris. Blitzartig gewahrte Ferris das Ungeordnete seines Lebens; die rasche Folge von Städten, von flüchtigen Liebschaften; und die Zeit, das unheimliche *glissando* der Jahre, immer die Zeit!

»*Vite! Vite!*« rief er voller Entsetzen. »*Dépêchez-vous!*«

Valentin machte ihm die Tür auf. Der Kleine trug einen Schlafanzug und einen zu klein gewordenen roten Morgenrock. Seine grauen Augen waren verschleiert, und als Ferris die Wohnung betrat, flackerten sie auf.

»*J'attends maman!*«

Jeannine sang in einem Nachtklub. Vor einer Stunde konnte sie nicht zu Hause sein. Valentin kehrte zu seiner Malerei zurück; mit seinen Buntstiften kauerte er über einem Blatt Papier auf dem Fußboden. Ferris sah auf die Zeichnung hinunter; es war ein Banjospieler, und wie auf den Witzstreifen stieg eine Blase mit Noten und Wellenlinien aus seinem Mund.

»Wir wollen wieder in die Tuilerien gehen!«

Der kleine Junge blickte auf, und Ferris zog ihn an sein Knie. Die Melodie, die unvollendete Weise, die Elizabeth gespielt hatte, fiel ihm plötzlich ein. Unvermutet war sie aufgetaucht und brachte ihm diesmal nur Wiedererkennen und Freude, während das Bedrückende der Erinnerung über Bord flog.

»Monsieur Jean«, fragte das Kind, »haben Sie ihn gesehen?«

Verwirrt dachte Ferris nur an das andere Kind – an den sommersprossigen, von seiner Familie geliebten Jungen. »Wen soll ich gesehen haben, Valentin?«

»Ihren toten Papa in Georgia.« Das Kind fügte hinzu: »War er okay?«

Ferris sprach rasch und eindringlich: »Wir wollen oft in die Tuilerien gehen. Ponyreiten und den Kasperle anschauen. Und zum Marionettentheater gehn und immer für alles Zeit haben.«

»Monsieur Jean«, sagte Valentin, »das Kasperletheater ist jetzt geschlossen.«

Wiederum Entsetzen, Erkenntnis vergeudeter Jahre und Tod. Valentin kuschelte sich noch in seine Arme, war anschmiegsam und zutraulich. Seine Wange berührte die weiche Kinderwange, und er spürte das Streicheln der feinen Wimpern. Voll innerer Verzweiflung preßte er das Kind an sich – als ob ein so wandelbares Gefühl wie seine Liebe den Pulsschlag der Zeit beeinflussen könnte.

Wer hat den Wind gesehen?

Den ganzen Nachmittag hatte Ken Harris vor dem leeren Blatt in seiner Schreibmaschine gesessen. Es war Winter; draußen schneite es. Der Schnee dämpfte den Straßenlärm, und die kleine Wohnung in Greenwich Village* war so still, daß ihn das Ticken des Weckers störte. Er arbeitete im Schlafzimmer, da ihn der Raum mit den Sachen seiner Frau beruhigte, weil er sich hier weniger einsam fühlte. Den Drink vor dem Essen zum Appetitanregen – oder war es ein Augenöffner gewesen? – hatte er durch eine Büchse *Chilli con carne*** neutralisiert, die er allein in der Küche gegessen hatte.

Um vier Uhr steckte er den Wecker in den Wäschekorb und setzte sich dann wieder vor die Schreibmaschine. Das Papier war immer noch unbeschrieben, und das weiße leere Blatt leerte all seinen Verstand. Und doch hatte es einst eine Zeit gegeben (wie lange war das her?), da ein Lied an der Straßenecke, eine Stimme aus der Kinderzeit und der Rundblick der Erinnerung die Vergangenheit verdichtete, so daß Zufälliges und Tatsächliches in einen Roman, in eine Erzählung umgewandelt wurden – und es hatte einst eine Zeit gegeben, da das leere Blatt die

* Teil von Manhattan, Künstlerviertel

** mexikanisches Gericht aus roten Pfefferschoten und Fleisch und Gewürzen

Erinnerungen heraufbeschwor und sichtete und er die geisterhafte Schaffenskraft seiner Kunst verspürte. Kurz gesagt, eine Zeit, als er ein Schriftsteller war und fast jeden Tag schrieb. Er arbeitete angestrengt, brach langen Sätzen achtsam den Rücken, strich häßliche Ausdrücke durch und änderte Wörter, die sich wiederholten.

Jetzt saß er da, geduckt und irgendwie von Ängsten erfüllt, ein blonder Mann Ende der Dreißig mit Ringen unter den austernblauen Augen und mit einem üppigen, blassen Mund. An den sengenden Wind seines Kinderlandes Texas dachte er, als er aus seinem Fenster auf den niedersinkenden New Yorker Schnee blickte. Dann plötzlich tat sich in seinem Gedächtnis ein Ventil auf, und er sprach die Worte laut vor sich hin, während er sie tippte:

Wer hat den Wind gesehen?
Weder ich noch du, mein Kind.
Doch wenn die Bäume sich neigen,
dann zieht er vorbei, der Wind.

Der Kinderreim schien ihm so unheilvoll, daß ihm, während er darüber nachsann, vor nervösem Schweiß die Handflächen feucht wurden. Er zerrte die Seite aus der Maschine, zerriß sie in viele Fetzen und ließ sie in den Papierkorb fallen. Es erleichterte ihn, daß er um sechs zu einer

Gesellschaft gehen mußte, und er war froh, die stumme Wohnung und den zerrissenen Vers hinter sich zu lassen und durch die kalten, aber trostvollen Straßen zu gehen.

In der Untergrundbahn herrschte das trübe Licht des ›Unter-Tag-Seins‹, und nach dem Schneeduft war die Luft dort fötal. Ken bemerkte einen Mann, der auf einer Bank lag, aber er stellte keine Vermutungen über die Geschichte des Fremdlings an, wie er es sonst vielleicht getan hätte. Er beobachtete die schwankenden Wagen des sich nähernden Expreßzuges und schreckte vor dem stählernen Lufthauch zurück. Er sah, wie die Türen sich öffneten und sich schlossen – es war sein Zug –, und starrte verloren drein, als die Untergrundbahn geräuschvoll davonrasselte. Trauer fraß an ihm, während er auf die nächste wartete.

Rodgers Wohnung befand sich in einem *penthouse** weit oben in der City, und die Party hatte schon angefangen. Es herrschte ein Durcheinander und Stimmengewirr, und es roch nach Gin und Appetitbissen. Während er neben Esther am Eingang zu den überfüllten Räumen stand, sagte er:

»Wenn ich neuerdings in eine große Party komme, muß ich an die letzte Gesellschaft des Duc de Guermantes denken.«

* ein kleines Haus auf dem Dach eines großen Gebäudes

»Wie bitte?« sagte Esther.

»Erinnern Sie sich nicht, wie Proust – das Ich, der Erzähler – in all die vertrauten Gesichter blickt und über die Veränderungen durch die Zeit nachgrübelt? Eine herrliche Stelle – ich lese sie jedes Jahr.«

Esther sah verwirrt aus. »Es ist so laut. Kommt Ihre Frau auch?«

Kens Gesicht zuckte ein wenig; er nahm von dem Martini, den das Mädchen herumreichte. »Sie kommt, sobald sie ihr Büro verlassen kann.«

»Marian arbeitet so angestrengt – all die Manuskripte, die sie lesen muß!«

»Wenn ich mich auf einer Party wie der hier befinde, ist's immer fast genau dasselbe. Und doch ist der furchtbare Unterschied da. Als wäre die Tonart erniedrigt, verschoben. Der furchtbare Unterschied der Jahre, die vorbeiziehen, das Betrügerische, Grauenhafte der Zeit, Proust ...«

Aber die Hausfrau hatte sich entfernt, und er stand allein in den überfüllten Gesellschaftsräumen. Er blickte auf Gesichter, die er in den letzten dreizehn Jahren bei Gesellschaften gesehen hatte – ja, sie waren alle gealtert. Esther war jetzt richtig dick, und ihr Samtkleid war zu eng; verkommen sah sie aus, fand er, und vom Whisky aufgeschwemmt. Es war eine Veränderung da ... vor dreizehn Jahren, als er *The*

Night of Darkness herausgebracht hatte, war Esther ganz versessen auf ihn und hätte ihn nie allein am Rande der Party stehen lassen. Damals war er der verwöhnte Liebling gewesen. Der verwöhnte Liebling der feilen Fortuna – hieß die feile Fortuna: Erfolg, Geld, Jugend? Er sah zwei junge Schriftsteller am Fenster stehen – und in zehn Jahren würde ihr Kapital an Jugend von der feilen Fortuna wieder eingefordert werden. Der Gedanke machte Ken Spaß, und er aß ein Schinkenbrötchen, das ihm angeboten wurde.

Dann sah er hinten im Zimmer jemand, den er sehr bewunderte. Es war Mabel Goodley, die Malerin und Bühnenbildnerin. Ihr blondes Haar war kurz und leuchtend, und ihre Brille glitzerte im Licht. Mabel hatte *The Night of Darkness* immer geliebt, und als er sein Guggenheim-Stipendium bekam, hatte sie eine Gesellschaft für ihn gegeben. Und, was wichtiger war: sie hatte gefunden, sein zweites Buch sei besser als das erste – trotz aller dummen Kritiken. Er wollte auf Mabel zugehen, wurde aber von John Howards aufgehalten, einem Verleger, den er manchmal bei Gesellschaften traf.

»Hei«, rief Howards, »was schreiben Sie jetzt Schönes? Oder ist die Frage nicht erlaubt?«

Es war eine Redensart, die Ken verabscheute.

Eine Menge Antworten waren möglich: manchmal sagte er, daß er einen langen Roman beende, ein andermal, daß er absichtlich eine Pause einschalte. Eine gute Antwort gab es nicht, einerlei, was man sagte. Sein Magen krampfte sich zusammen, und er bemühte sich verzweifelt, unbekümmert auszusehen.

»Ich erinnere mich noch gut an das Aufsehen, das *The Doorless Room* damals in der literarischen Welt erregte: ein gutes Buch!«

Howards war groß; er trug einen braunen Tweedanzug. Ken blickte entgeistert zu ihm auf und wappnete sich gegen einen so unerwarteten Angriff. Doch die braunen Augen blickten merkwürdig unschuldig, und Ken konnte keine Bosheit in ihnen entdecken.

Eine Frau mit eng um den Hals geschlungenen Perlen sagte nach einer peinlichen Sekunde: »Aber Schatz, Mr. Harris hat gar nicht *The Doorless Room* geschrieben!«

»Oh«, sagte Howards hilflos.

Ken blickte auf die Perlen der Frau und hätte sie am liebsten erwürgt. »Es ist doch vollkommen gleichgültig.«

Der Verleger ließ sich nicht davon abbringen und wollte es wieder gutmachen. »Aber Sie heißen doch Ken Harris? Und Sie sind mit Marian Campbell verheiratet, die als Literaturredakteurin bei . . .«

Die Frau sagte schnell: »Ken Harris hat *The Night of Darkness* geschrieben, ein sehr gutes Buch.«

Harris fand, daß der Hals der Frau mit den Perlen und dem schwarzen Kleid sehr schön aussähe. Sein Gesicht hellte sich auf – bis sie sagte: »Es war vor etwa zehn oder fünfzehn Jahren, nicht wahr?«

»Ich erinnere mich«, sagte der Verleger. «Ein sehr gutes Buch! Wie konnte ich's nur verwechseln! Und wann dürfen wir uns auf ein zweites Buch freuen?«

»Das zweite Buch ist schon erschienen«, sagte Ken. »Es ging sang- und klanglos unter. Ein Versager.« Er rechtfertigte sich: »Die Kritiker waren noch stumpfsinniger als üblich! Ich bin kein Bestsellerfabrikant!«

»Das war schade«, sagte der Verleger. »Manchmal ist's ein Berufsleiden.«

»Das zweite Buch war besser als *The Night of Darkness*. Manche Kritiker sagten, es sei unverständlich. Das gleiche haben sie von Joyce gesagt.« Mit der Treue des Schriftstellers zu seiner jüngsten Schöpfung schloß er: »Es ist ein viel besseres Buch als das erste, und ich bin der Überzeugung, daß ich erst am Anfang meines eigentlichen Schaffens stehe.«

»Das ist die richtige Einstellung«, sagte der Verleger. »Hauptsache, daß man unablässig weiterschuftet. Woran arbeiten Sie jetzt gerade, falls die Frage erlaubt ist?«

Jäh stieg die Wut in ihm auf. »Das geht Sie nichts an!« Ken hatte nicht sehr laut gesprochen, doch die Worte waren vernehmbar, und im Cocktailzimmer bildete sich plötzlich ein Kreis aus Schweigen. »Das geht Sie verdammt gar nichts an.«

Durch das ruhige Zimmer drang die Stimme der alten Mrs. Beckstein, die taub war und auf einem Eckstuhl saß. »Warum kaufen Sie so viel Steppdecken?«

Die unverheiratete Tochter, die immer bei ihrer Mutter war und sie wie eine Fürstlichkeit oder ein heiliges Tier behütete und zwischen ihrer Mutter und der Welt vermittelte, erklärte laut: »Mrs. Brown hat gesagt . . .«

Das Geplätscher der Party hob wieder an, und Ken trat an den Tisch mit den Drinks, nahm sich noch einen Martini und tauchte ein Stückchen Blumenkohl in irgendeine Soße. Während er aß und trank, hatte er dem lauten Zimmer den Rücken gekehrt. Dann nahm er einen dritten Martini und bahnte sich einen Weg zu Mabel Goodley. Er setzte sich neben sie auf den Diwan, gab auf den Drink acht und tat zuerst etwas förmlich. »Was für ein anstrengender Tag es war!« sagte er.

»Was hast du gemacht?«

»Auf dem Hintern gesessen.«

»Ein Schriftsteller, mit dem ich früher bekannt war, bekam Kreuzbeinerkrankung von zu langem Sitzen. Könnte dir so was passieren?«

»Nein«, erwiderte er. »Du bist der einzige ehrliche Mensch in dem Zimmer hier!«

Er hatte so vielerlei versucht, als es mit den leeren Seiten losging. Er hatte versucht, im Bett zu schreiben, und eine Zeitlang hatte er zuerst mit der Hand geschrieben, anstatt gleich mit der Maschine. Er hatte an Proust und sein mit Kork abgedichtetes Zimmer gedacht, und einen Monat lang hatte er Ohrenstöpsel benutzt, aber die Arbeit rückte deshalb nicht rascher voran, und der Gummi rief eine krankhafte Geschwulst hervor. Dann waren sie nach Brooklyn Heights* gezogen, doch es hatte nichts genützt.

Als er erfuhr, daß Thomas Wolfe im Stehen geschrieben und sein Manuskript oben auf den Eisschrank gelegt habe, da hatte er sogar das versucht. Doch er machte nur dauernd den Eisschrank auf und aß etwas. Er hatte versucht, in der Trunkenheit zu schreiben, wenn die Gedanken und die Bilder wunderbar waren, solange man sie niederschrieb; wenn man sie jedoch später überlas, veränderten sie sich auf

* Brooklyn Heights hat Häuser mit schöner Aussicht auf den Hafen

traurige Art. Er hatte sehr früh am Morgen geschrieben, und wenn er stocknüchtern und todunglücklich war. Er hatte an Thoreau und Walden gedacht. Er hatte von praktischer Betätigung und von einer Apfelfarm geträumt. Wenn er lange Spaziergänge über die Heide machen könnte, würde vielleicht das Licht der Schaffenskraft wieder aufflammen – aber wo war die Heidelandschaft New Yorks?

Er tröstete sich mit den Schriftstellern, die keine Anerkennung gefunden hatten, sondern erst nach ihrem Tode berühmt wurden. Als er zwanzig war, erträumte er sich's, mit dreißig zu sterben, und nach seinem Tode sollte sein Name hell erstrahlen. Als er fünfundzwanzig war und *The Night of Darkness* beendet hatte, erträumte er sich's, als Berühmtheit zu sterben, ein Superschriftsteller, der mit fünfunddreißig Jahren ein *œuvre* geschaffen hat und auf dem Sterbebett den Nobelpreis erhält. Doch jetzt, da er beinahe vierzig war und zwei Bücher veröffentlicht hatte, von denen eins ein Erfolg und das andere ein Versager war, sann er nicht mehr über seinen Tod nach.

»Ich möchte mal wissen, warum ich überhaupt noch schreibe«, sagte er. »Es ist ein Leben voller Enttäuschungen.«

Er hatte irgendwie erwartet, daß Mabel, seine Freundin, entgegnen würde, er sei der geborene

Schriftsteller, und daß sie ihn vielleicht an seine Pflicht gegenüber seinem Talent erinnern oder vielleicht sogar das Wort Genie gebrauchen würde, jenes Zauberwort, das Ungemach und äußeres Versagen in schmerzlichen Ruhm verwandelt. Doch Mabels Antwort erschreckte ihn.

»Ich glaube, mit dem Schreiben ist es wie mit dem Theater. Wenn man einmal zu schreiben oder zu spielen begonnen hat, dann steckt es einem im Blut.«

Er verachtete Schauspieler: sie waren eitel und affektiert und stets stellenlos. »Ich sehe die Schauspielkunst nicht als schöpferische, sondern nur als vermittelnde Kunst an. Der Schriftsteller dagegen muß ›den Phantomfelsen‹ behauen . . .«

Er sah seine Frau aus dem Vorflur kommen. Marian war groß und schlank und hatte gerade, kurze schwarze Haare; sie trug ein einfaches schwarzes Kleid – ein nach Büro aussehendes Kleid – ohne jeglichen Schmuck. Sie hatten vor dreizehn Jahren geheiratet – im gleichen Jahr, in dem *The Night of Darkness* erschienen war, und lange Zeit hatte er vor Liebe gezittert. Es gab Zeiten, da hatte er Marian mit dem ekstatischen Staunen des Liebenden erwartet, und mit süßem Schauder, wenn er sie endlich sah. Es waren die Zeiten, in denen sie einander fast jede

Nacht und oft auch am frühen Morgen in den Armen lagen. Im ersten Jahr war sie sogar hin und wieder während der Mittagspause vom Büro nach Hause gegangen, und sie hatten sich im hellen City-Tageslicht geliebt.

Endlich war ihr Verlangen zur Ruhe gekommen, und sein Körper mußte nicht mehr vor Liebe erzittern. Er arbeitete an seinem zweiten Buch, und es ging nur schwer voran. Dann hatte er das Guggenheim-Stipendium bekommen, und sie waren nach Mexiko gefahren, denn in Europa war Krieg. Sein Buch ließ er im Stich, und obwohl die frohe Erregung über den Erfolg noch anhielt, war er nicht zufrieden. Er wollte schreiben, schreiben, schreiben – aber Monat um Monat verstrich, und er schrieb nichts.

Marian sagte, er tränke zuviel und vertrödele die Zeit, und er warf ihr ein Glas Rum ins Gesicht. Dann kniete er vor ihr nieder und weinte. Er war zum erstenmal in einem fremden Land, und die Zeit war von ganz absolutem Wert, weil es eben ein fremdes Land war. Er wollte vom Blau der Mittagshimmel schreiben, von den Schatten Mexikos, von der wasserklaren Bergluft. Aber ein Tag folgte dem andern, stets Tage von Wert, weil in einem fremden Land – und er schrieb nichts.

Sogar Spanisch lernte er nicht, und es ärgerte

ihn, wenn Marian mit dem Koch und andern Mexikanern sprechen konnte. (Für Frauen war es leichter, sich eine fremde Sprache anzueignen, und außerdem konnte sie Französisch.) Und gerade weil das Leben in Mexiko so billig war, wurde es teuer. Er gab das Geld so leicht wie Trickgeld oder Theatergeld aus, und der Guggenheim-Scheck war meistens schon im voraus verbraucht.

Doch er lebte in einem fremden Land, und über kurz oder lang mußten sich die Tage in Mexiko für ihn als Schriftsteller von wirklichem Wert erweisen.

Dann geschah nach acht Monaten etwas Seltsames: fast ohne ihn vorher zu benachrichtigen, nahm Marian ein Flugzeug nach New York. Er mußte sein Guggenheim-Jahr unterbrechen und ihr folgen. Und dann wollte sie nicht mit ihm zusammenleben und ihn nicht in ihre Wohnung lassen. Sie sagte, es sei so, als wollte man mit zwanzig römischen Kaisern, zu einem einzigen verbacken, zusammenleben, und das hätte sie satt. Marian erhielt eine Stelle als literarische Hilfsredakteurin bei einer Modezeitschrift, und er hauste in einer Wohnung ohne Warmwasser: ihre Ehe war ein Reinfall, und sie lebten getrennt, obwohl er noch immer versuchte, ihr nachzulaufen. Die Guggenheim-Leute wollten sein Stipendium nicht erneuern, und bald war auch die Anzahlung auf das zweite Buch verbraucht.

In jene Zeit ungefähr fiel ein Morgen, den er niemals vergessen würde, obwohl nichts, rein gar nichts geschehen war. Es war ein sonniger Herbsttag, und der Himmel stand klar und grün über den Wolkenkratzern. Er war zum Frühstück in eine Cafeteria gegangen und saß am hellen Fenster. Die Leute auf der Straße gingen rasch vorbei, alle gingen irgendwohin. In der Cafeteria herrschte die übliche Frühstückshetze, das Klappern von Tabletts und der Lärm vieler Stimmen. Menschen kamen herein und aßen und gingen weg, und jeder schien so zuversichtlich und seines Ziels so gewiß zu sein.

Sie schienen ein Ziel als selbstverständlich vorauszusetzen, ein Ziel, das nicht nur die Routine ihres Berufslebens und ihrer Verabredungen war. Obwohl die meisten Leute allein kamen, schien doch jeder irgendwie ein Teil des andern zu sein, ein Teil der klaren, herbstlichen Stadt, während er allein abgesondert schien, eine isolierte Ziffer im Muster der zielbewußten City.

Sonnenschein glasierte seine Marmelade, und er strich sie auf ein Stück Toast, aß es aber nicht. Der Kaffee hatte einen bläulichen Schimmer, und am Rande der Tasse entdeckte er eine blasse

Spur von altem Lippenstift. Es war eine Stunde voller Trostlosigkeit, obwohl überhaupt nichts geschah.

Jetzt, viele Jahre später, bei der Cocktailparty, erinnerten ihn der Lärm und die Zuversicht der andern und seine eigene Isoliertheit an das Frühstück in der Cafeteria, und wegen des unaufhaltsamen Dahingleitens der Zeit war diese Stunde noch trostloser.

»Da ist Marian«, sagte Mabel. »Sie sieht müde aus, und magerer!«

»Hätten die verdammten Guggenheim-Leute mein Stipendium erneuert, dann könnte ich Marian ein Jahr nach Europa führen«, sagte er. »Die verdammten Guggenheim-Leute! Schriftstellern geben sie überhaupt keine Stipendien mehr. Bloß Physikern – Menschen, die einen neuen Krieg vorbereiten.«

Der Krieg war für Ken eine Erlösung gewesen. Er war froh, das Buch im Stich zu lassen, mit dem er nur mühsam vorankam, und erleichtert, daß er sich von seinem ›Phantomfelsen‹ ab- und den allgemeinen Erlebnissen zuwenden konnte – denn bestimmt war der Krieg das große Erlebnis seiner Generation. Er absolvierte die Offiziersschule, und als Marian ihn in seiner Uniform sah, weinte sie und liebte ihn – und von Scheidung war nicht wieder die Rede. Während seines letzten Urlaubs liebten sie sich so häufig wie während der ersten Monate ihrer Ehe.

In England regnete es jeden Tag, und einmal lud ihn ein Lord auf sein Schloß ein. Am D-Tag setzte er mit seinem Bataillon über den Kanal, und dann rückten sie dauernd vor, bis nach Schmitz. Im Keller einer in Trümmern liegenden Stadt sah er eine Katze, die das Gesicht eines Leichnams beschnupperte. Er fürchtete sich, doch es war nicht das nackte Entsetzen wie in der Cafeteria oder die Angst vor dem leeren Blatt auf der Schreibmaschine. Immer geschah irgend etwas: im Schornstein eines Bauernhauses fand er drei westfälische Schinken, und bei einem Autounfall brach er sich einen Arm.

Der Krieg war das große Erlebnis seiner Generation: für einen Schriftsteller besaß jeder Tag einen absoluten Wert, weil es eben Krieg war. Doch als der Krieg vorbei war, worüber konnte man da schreiben? Über die Katze und den Leichnam, über den Lord in England, den gebrochenen Arm?

In der Wohnung in Greenwich Village setzte er sich wieder hinter das Buch, das er so lange vernachlässigt hatte. Eine Zeitlang empfand er in jenem Jahr nach dem Krieg das Hochgefühl des Schriftstellers, wenn er etwas geschrieben hat. Eine Zeitlang – als die Stimme der Kindheit, als ein Lied an der Straßenecke, als alles sich zusammenfügte. In der seltsamen Glücksstimmung seiner einsamen Arbeit war die Welt eins geworden. Er schrieb über eine andere Zeit, einen anderen Ort. Er schrieb von seiner Jugend in der windigen, griesigen Stadt in Texas, die seine Vaterstadt war.

Er schrieb von der Auflehnung der Jugend und von der Sehnsucht nach strahlenden Städten, vom Heimweh nach einer Gegend, die er nie gesehen hatte. Während er *One Summer Evening* schrieb, lebte er in einer Wohnung in New York, doch sein eigentliches Leben spielte sich in Texas ab, und die Entfernung war eine schlimmere als nur eine räumliche: es war die traurige Entfernung zwischen den mittleren Jahren und der Jugend. Solange er sein Buch schrieb, war er also aufgespalten zwischen zwei Wirklichkeiten: seinem New Yorker Alltagsleben und der Erinnerung an die Jugendakkorde in Texas.

Als das Buch veröffentlicht wurde und die Besprechungen nachlässig oder unfreundlich waren, wurde er gut damit fertig, wie er meinte – bis sich die Tage der Vereinsamung aneinanderreihten und das Entsetzen begann. Zu jener Zeit machte er seltsame Sachen. Einmal hatte er sich im Badezimmer eingeschlossen und stand da und hielt in der Hand eine Flasche mit Lysol, stand einfach da und hielt das Lysol und zitterte und war entsetzt. Eine halbe Stunde stand er so da, bis er nach großer Überwindung das Lysol langsam ins Klosett goß. Dann legte er sich aufs Bett und weinte, und erst spät am Nachmittag schlief er ein.

Ein andermal saß er am offenen Fenster und ließ ein Dutzend leere Seiten Papier die sechs Stockwerke hinunter auf die Straße flattern. Der Wind blies die Seiten vor sich her, während er eine nach der andern fallen ließ, und er empfand eine seltsame Genugtuung, als er ihnen nachsah, wie sie davonschwebten. Es war weniger die Sinnlosigkeit seiner Handlungen als vielmehr die sie begleitende ungeheure Gespanntheit, die Ken davon überzeugte, daß er krank war.

Marian schlug vor, er solle zu einem Psychiater gehen, und er erwiderte, Psychiater seien eine Avantgarde-Mode geistigen Kitzels geworden. Dann hatte er gelacht, aber Marian hatte nicht gelacht, und sein einsames Lachen endete mit einem Angstfrösteln. Schließlich war's Marian, die zum Psychiater ging, und Ken war auf beide neidisch – auf den Arzt, weil er der Schiedsrichter ihrer unglücklichen Ehe war, und auf Marian, weil sie ruhiger war und er haltloser wurde. In jenem Jahr schrieb er einige Fernsehstücke, verdiente ein paar tausend

Dollar und kaufte Marian einen Leopardenmantel.

»Schreibst du noch Fernsehstücke?« fragte Mabel.

»Nein«, sagte er. »Ich gebe mir die größte Mühe, mein neues Buch in Gang zu bekommen. Du bist der einzige ehrliche Mensch in dem Zimmer hier. Mit dir kann ich reden.«

Er begann, durch den Alkohol aufgelockert und geborgen in ihrer Freundschaft (denn schließlich gehörte Mabel zu seinen liebsten Menschen), von seinem Buch zu sprechen, das er schon so lange zu schreiben versuchte. »Selbstbetrug ist das Hauptthema, und der Held ist ein Kleinstadtanwalt namens Winkle. Der Schauplatz ist Texas – meine Vaterstadt –, und die meisten Szenen spielen sich in dem schmuddeligen Amtszimmer des Gerichtsgebäudes ab. Zu Beginn des Buches sieht sich Winkle der folgenden Situation gegenüber ...« Ken entwickelte seine Fabel mit viel Begeisterung und erzählte von den verschiedenen Personen und von den mancherlei damit verknüpften Motivierungen.

Als Marian auf sie zutrat, sprach er noch immer, und er machte ihr ein Zeichen, ihn nicht zu unterbrechen, während er weitersprach und Mabel fest in die blauen Augen hinter den Brillengläsern blickte. Dann plötzlich überfiel ihn ein unheimliches Gefühl des *déjà-vu*. Es war ihm, als hätte er Mabel den Inhalt des Buches schon einmal erzählt, an der gleichen Stelle und unter den gleichen Umständen. Sogar die Art, wie der Vorhang sich bewegte, war die gleiche. Nur füllten sich Mabels blaue Augen hinter den Brillengläsern mit Tränen, und er war froh, daß sie so aufgewühlt war. »Da sah sich Winkle also zur Scheidung gezwungen ...« Seine Stimme schwankte. »Ich habe ein seltsames Gefühl, als hätte ich dir das schon mal erzählt.«

Mabel wartete einen Augenblick, und er schwieg. »Das stimmt, Ken«, sagte sie endlich. »Vor etwa fünf oder sechs Jahren, und bei einer Gesellschaft, die der heutigen sehr glich.«

Er konnte das Mitleid nicht ertragen, das in ihren Augen stand, und auch nicht die Beschämung, die seinen eigenen Körper erzittern ließ. Er torkelte hoch und stolperte über seinen Drink.

Nach dem Getöse im Cocktailzimmer wirkte die kleine Terrasse vollkommen lautlos. Bis auf den Wind, der das Gefühl von Verlassenheit und Einsamkeit noch vertiefte. Um über seine Beschämung hinwegzukommen, sagte Ken laut etwas Zusammenhangloses: »Ach, was zum Kuckuck ...«, und er lächelte vor hilfloser Angst. Aber seine Beschämung glomm noch nach, und er legte die kalte Hand auf seine heiße, pochende Stirn. Es schneite nicht mehr, doch der

Wind jagte auf der weißen Terrasse flirrende Schneewirbel hoch.

Die Terrasse war etwa sechs Schritte lang, und Ken ging sehr langsam und beobachtete die unscharfen Fußstapfen seiner schmalen Schuhe. Warum beobachtete er die Fußstapfen so gespannt?

Und warum stand er hier allein auf der winterlichen Terrasse, über die das Licht aus dem Cocktailzimmer ein kränklich gelbes Rechteck auf den Schnee warf? Und die Fußstapfen? Am Ende der Terrasse befand sich in Gürtelhöhe ein kleines Geländer. Als er sich auf das Geländer stützte, wußte er gleich. daß es sehr wackelig war, und er spürte, daß *er gewußt hatte, wie wackelig es sein würde*, und doch stützte er sich noch länger darauf. Das *penthouse* lag im fünfzehnten Stock, und die Lichter der City glommen herauf. Er dachte, wenn er dem morschen Geländer einen einzigen Stoß gäbe, würde er fallen, doch er blieb ruhig und fühlte sich irgendwie geborgen und zufrieden.

Als ihn eine Stimme von der Terrasse her anrief, empfand er es als eine unentschuldbare Störung. Es war Marian, und sie rief leise: »Oh! Oh!« Nach einem Weilchen fuhr sie fort: »Ken, komm her! Was machst du da drüben?« Ken richtete sich auf. Als er wieder im Gleichgewicht war, gab er dem Geländer einen leichten Stoß. Es brach nicht. »Das Geländer hier ist altersschwach. Wahrscheinlich vom Schnee. Ich möchte mal wissen, wieviel Menschen hier schon Selbstmord begangen haben.«

»*Wie viele?*«

»Warum nicht? Es ist ganz einfach!«

»Komm da zurück!«

Sehr bedächtig trat er in die Fußstapfen, die er vorhin gemacht hatte. »Der Schnee muß einen Zoll hoch liegen!« Er bückte sich und untersuchte mit seinem Mittelfinger die Stärke der Schneeschicht. »Nein, zwei Zoll!«

»Ich friere!« Marian legte ihre Hand auf seinen Rücken, öffnete die Tür und steuerte ihn in die Gesellschaft hinein. Das Zimmer war jetzt stiller, und die Leute gingen nach Hause. Im hellen Licht und nach der Dunkelheit draußen bemerkte Ken, wie müde Marian aussah. Ihre schwarzen Augen hatten einen vorwurfsvollen, zerquälten Blick. Ken konnte es nicht ertragen, sie anzusehen.

»Liebes, hast du wieder was mit deiner Stirnhöhle?«

Ihr Zeigefinger strich leicht über die Stirn und den Nasensattel. »Es macht mir solche Sorge, wenn du in diesen Zustand gerätst«, sagte sie.

»Zustand? Ich?«

»Komm, wir wollen uns anziehen und gehn!«

Doch er konnte den Ausdruck ihrer Augen nicht ertragen, und er haßte sie, weil sie angedeutet hatte, er sei betrunken. »Ich gehe nachher noch zu Jim Johnsons Party.«

Nach der Jagd auf die Mäntel und nach flüchtigem Abschied fuhr eine kleine Gruppe im Fahrstuhl nach unten und wartete dann auf dem Bürgersteig, um Taxis heranzupfeifen.

Sie besprachen ihr Fahrtziel, und Marian, der Verleger und Ken teilten sich in das erste Taxi, das citywärts fuhr. Kens Beschämung hatte sich etwas gemildert, und im Taxi fing er an, über Mabel zu sprechen.

»Wie traurig mit Mabel!« sagte er.

»Was meinst du?« fragte Marian.

»Alles. Sie zerfällt offensichtlich. Geht der Zerrüttung entgegen, das arme Ding!«

Marian behagte das Thema nicht, und sie fragte Howards:

»Wollen wir durch den Park fahren? Es ist hübsch, wenn es schneit, und es geht auch schneller.«

»Ich fahre dann weiter zur Fifth und Fourteenth«, sagte Howards. Dem Fahrer rief er zu: »Bitte durch den Park!«

»Das Betrübliche ist eben, daß Mabel *passé* ist. Vor zehn Jahren war sie eine originelle Malerin und Bühnenbildnerin. Vielleicht ist's ein Versagen ihrer Phantasie, oder sie trinkt zuviel.

Sie hat ihre Ehrlichkeit verloren und macht immer wieder das gleiche. Sie wiederholt sich ständig.«

»Unsinn«, sagte Marian. »Sie wird von Jahr zu Jahr besser und verdient haufenweise Geld.«

Sie fuhren durch den Park, und Ken blickte auf die Winterlandschaft. Der Schnee lag schwer auf den Parkbäumen, und hin und wieder, unter einem Windhauch, glitten Schneepolster von den Zweigen, obwohl die Bäume sich nicht neigten. Ken begann den alten Kinderreim vom Wind aufzusagen, und wieder riefen die Worte ein unheilvolles Echo hervor, und seine kalten Handflächen wurden feucht.

»An das Klimperliedchen hab ich seit Jahren nicht mehr gedacht«, sagte John Howards.

»Klimperliedchen? Es ist so aufwühlend wie Dostojewskij.«

»Ich erinnere mich, daß wir's im Kindergarten sangen. Und wenn ein Kind Geburtstag hatte, hing ein blaues oder rosa Band an seinem Stühlchen, und wir sangen alle *Happy Birthday!*«

John Howards kauerte eingezwängt vorne auf der Kante neben Marian. Es war schwierig, sich den großen, breitschultrigen Verleger vorzustellen, wie er vor vielen Jahren im Kindergarten gesungen hatte.

Ken fragte: »Wo stammen Sie her?«

»Aus Kalamazoo«, sagte Howards.

»Ich hab mich immer gefragt, ob es einen solchen Ort wirklich gibt.«

»Es hat ihn gegeben, und es gibt ihn noch«, sagte Howards. »Meine Familie siedelte dann, als ich zehn Jahre alt war, nach Detroit über.«

Wieder überfiel Ken ein befremdendes Gefühl, und er dachte, wie wenig sich manche Leute von der Kinderzeit bewahrt hätten, so daß die Erwähnung von Kindergartenstühlchen und von Familienumzug irgendwie absonderlich erscheint. Plötzlich hatte er einen Einfall für eine Geschichte, die von einem solchen Mann handelte – er würde sie *Der Mann im Tweed-Anzug* nennen –, und er sann stumm vor sich hin, während sich die Geschichte in seinem Geist unter einem kurzen Aufblitzen des alten Hochgefühls entfaltete, das er jetzt so selten hatte.

»Der Wettermann sagt, heute nacht sinkt's unter Null«, sagte Marian.

»Sie können mich hier absetzen«, sagte Howards zum Fahrer, öffnete sein Portemonnaie und gab Marian etwas Geld. »Danke fürs Mitnehmen, und hier ist mein Anteil«, sagte er lächelnd. »Es war sehr nett, Sie mal wiederzusehen! Lassen Sie uns bald mal zusammen zu Mittag essen, und bringen Sie Ihren Mann mit, falls ihm etwas daran liegt!« Nachdem er aus dem Taxi gestolpert war, rief er Ken zu: »Ich freu mich auf Ihr nächstes Buch, Harris!«

»Idiot«, sagte Ken, als das Taxi weiterfuhr. »Ich setze dich zu Hause ab und bleibe dann noch einen Augenblick bei Jim Johnson!«

»Wer ist das? Warum mußt du zu ihm?«

»'s ist ein Maler, den ich kenne, und ich bin eingeladen«, entgegnete Ken.

»Neuerdings machst du so viel Bekanntschaften«, sagte sie. »Mal gehst du zu einer Gruppe, und dann wechselst du zu einer andern über.«

Ken wußte, daß die Bemerkung zutreffend war, aber er konnte es nicht ändern. In den letzten paar Jahren verkehrte er so lange in einem bestimmten Kreis – er und Marian hatten schon längst getrennte Bekanntenkreise –, bis er sich betrank oder einen Auftritt verursachte, so daß ihm die ganze Umgebung unangenehm wurde und er sich ärgerte und unerwünscht vorkam.

Dann wechselte er zu einer andern Gruppe über, und bei jedem Wechsel war es ein Kreis, der weniger solide als der voraufgegangene war und schäbigere Wohnungen und billigere Drinks hatte. Jetzt ging er mit Freuden überallhin, wo er nur eingeladen wurde – zu Fremden, wo eine Stimme ihm vielleicht etwas geben und die schwache Stütze Alkohol ihm die zerrissenen Nerven besänftigen konnte.

»Ken, warum läßt du dir nicht helfen? Ich kann nicht so weitermachen!«

»Aber was ist denn los?«

»Das weißt du doch«, sagte sie. Er konnte es spüren, wie nervös und steif sie im Taxi saß. »Willst du wirklich noch zu einer andern Party gehen? Siehst du denn nicht ein, daß du dich zugrunde richtest? Warum hast du dich gegen das Geländer auf der Terrasse gelehnt? Begreifst du nicht, daß du – krank bist? Komm mit heim!«

Die Worte beunruhigten ihn, aber er konnte den Gedanken nicht ertragen, heute abend mit Marian heimzugehen. Er hatte ein Vorgefühl, daß etwas Schreckliches passieren könnte, wenn sie allein in der Wohnung wären, und sein Instinkt warnte ihn vor ungreifbarem Unheil.

Früher waren sie froh gewesen, wenn sie von einer Cocktailparty allein heimgehen konnten, um bei ein paar stillen Drinks über die Party zu sprechen, den Eisschrank zu plündern und sich schlafen zu legen, geborgen vor der Außenwelt. Dann war eines Abends nach einer Gesellschaft etwas geschehen: er hatte eine Bewußtseinstrübung und sagte oder tat etwas, an das er sich nicht mehr erinnern konnte und auch nicht erinnern wollte; hinterher war nur die zertrümmerte Schreibmaschine da und einzelne Lichtbahnen beschämender Erinnerungen, denen er sich nicht stellen konnte, und der Gedanke an ihre furchtsamen Augen. Marian gab das Trinken auf und versuchte ihn zu überreden, den Antialkoholikern beizutreten. Er ging mit ihr zu einer Versammlung und blieb sogar fünf Tage bei der Stange, bis das Grauen der nicht im Gedächtnis bewahrten Nacht etwas in die Ferne gerückt war.

Weil er von da an seinen Alkohol allein trinken mußte, ärgerte er sich über ihre Milch und ihren ewigen Kaffee, und sie ärgerte sich über seine Drinks.

An dieser gespannten Lage, fand er, sei eigentlich der Psychiater schuld, und er fragte sich, ob er Marian wohl gar hypnotisiert habe. Jedenfalls waren ihre Abende von da an unerfreulich und steif. Jetzt spürte er es wieder, wie kerzengerade sie im Taxi saß, und er wollte sie, wie in den alten Zeiten, wenn sie von einer Party heimfuhren, umarmen und küssen. Aber ihr Körper widersetzte sich seiner Umarmung.

»Liebes, laß uns doch wieder wie früher sein! Laß uns heimgehen und friedlich schwatzen und die Party durchhecheln! Das hast du doch immer so gern getan! Wenn wir still für uns allein waren, hast du die paar Drinks so genossen. Trink mit mir und sei lieb, wie in den alten Zeiten! Wenn du's tust, geb ich die andere Party auf! Bitte, Liebes! Du bist kein bißchen trunksüchtig. Und ich komme mir wie ein Saufbold vor, wenn du nicht mittrinkst – so unnatürlich komm ich mir dann vor. Und du bist kein bißchen trunksüchtig – ebensowenig wie ich.«

»Ich mach dir eine heiße Suppe, und du kannst zu Bett gehn!« Ihre Stimme klang hoffnungslos – und, wie Ken fand, selbstgefällig. Dann sagte sie: »Ich hab mir solche Mühe gegeben, unsre Ehe zusammenzuhalten und dir zu helfen. Aber es ist genau so, als kämpfte man im Triebsand. So vieles hängt mit dem Trinken zusammen, und ich bin so müde.«

»Ich geh nur eine Minute zu der andern Party – komm doch mit!«

»Ich kann nicht.«

Das Taxi hielt, und Marian bezahlte das Fahrgeld. Als sie ausstiegen, fragte sie ihn: »Hast du genug Geld zum Weiterfahren? Falls du weiterfahren mußt?«

»Natürlich!«

Jim Johnsons Wohnung lag weit drüben auf der Westseite, in einem Puerto-Rico-Viertel. Offene Mülleimer standen am Prellstein, und der Wind blies Papierfetzen über den verschneiten Bürgersteig. Als das Taxi hielt, war Ken so geistesabwesend, daß der Fahrer ihn rufen mußte. Er blickte auf die Taxuhr und öffnete seine Geldtasche: er hatte keinen einzigen

Dollarschein, nur noch fünfzig Cent, und die reichten nicht. »Ich hab kein Geld mehr, bloß die fünfzig Cent«, sagte Ken und reichte dem Fahrer das Geld. »Was soll ich nur machen?«

Der Fahrer blickte ihn an. »Nichts. Aussteigen. Da kann man nichts machen.«

Ken stieg aus. »Fünfzehn Cent zu wenig und kein Trinkgeld – es tut mir leid . . .«

»Sie hätten das Geld von der Dame annehmen sollen!«

Die Party fand im obersten Stock eines Hauses ohne Fahrstuhl und ohne Warmwasser statt, und auf jedem Treppenabsatz lagerte ein anderer Küchengeruch. Das Zimmer oben war überfüllt und kalt, und auf dem Herd brannten blaue Gasflammen, um ein bißchen Wärme herzugeben. Da außer einer Studiocouch wenig Möbel vorhanden waren, saß die Mehrzahl der Gäste auf dem Fußboden. Reihen von ungerahmten Bildern lehnten gegen die Wand, und auf einer Staffelei stand ein Gemälde: eine violette Kehrichtablage mit zwei grünen Sonnen. Ken nahm auf dem Fußboden neben einem rotwangigen jungen Mann Platz, der eine saloppe braune Lederjacke trug.

»Irgendwie ist es immer beruhigend, in einem Maleratelier zu sitzen. Maler haben nicht die

Probleme, die ein Schriftsteller hat. Wer hat je gehört, daß ein Maler nicht weitergekonnt hätte? Sie haben etwas, mit dem sie arbeiten können: die Leinwand muß vorbereitet werden, die Pinsel und so weiter. Nirgends eine leere Seite – Maler sind nicht neurotisch wie so viele Schriftsteller.«

»Na, ich weiß nicht recht«, sagte der junge Mann. »Hat sich van Gogh etwa nicht sein eigenes Ohr abgeschnitten?«

»Trotzdem: der Geruch nach Farben und die Farben selbst und die ganze Tätigkeit, so etwas ist beruhigend. 's ist nicht dasselbe wie eine leere Seite oder ein stummes Zimmer. Maler können bei der Arbeit pfeifen oder sogar mit andern Leuten reden.«

»Ich hab mal einen Maler gekannt, der seine Frau umgebracht hat.«

Als jemand ihm Rumpunsch und Sherry anbot, nahm Ken Sherry, doch er schmeckte metallisch, als wären Münzen darin aufgelöst. »Sind Sie Maler?«

»Nein«, sagte der junge Mann. »Schriftsteller. Das heißt, ich schreibe.«

»Wie heißen Sie?«

»Mein Name kann Ihnen nichts sagen. Ich habe mein Buch noch nicht veröffentlicht.« Nach einer Pause fügte er hinzu: »Ich hatte eine Kurzgeschichte in *Bolder Accent* – es ist eine von den kleineren Zeitschriften – vielleicht haben Sie davon gehört?«

»Seit wann schreiben Sie?«

»Seit zehn Jahren. Natürlich muß ich außerdem Nebenbeschäftigungen übernehmen – fürs Essen und die Miete.«

»Was für Posten nehmen Sie dann?«

»Alles Mögliche. Ein Jahr lang hatte ich mal einen Posten im Leichenschauhaus. Da gab's fabelhafte Bezahlung, und ich hatte jeden Tag vier oder fünf Stunden Zeit für meine eigene Arbeit. Doch nach einem Jahr merkte ich allmählich, daß der Posten für meine Arbeiten nicht gut war. Mit all den Leichen – daher wechselte ich und begann, auf Coney Island* Würstchen zu braten. Jetzt bin ich Nachtportier in einer richtigen Bruchbude von Hotel. Aber ich kann den ganzen Nachmittag zu Hause arbeiten, und nachts kann ich über mein Buch nachdenken – und überhaupt ereignet sich auf so einem Posten mancherlei von menschlichem Interesse. Stoff für zukünftige Geschichten.«

»Wieso glauben Sie, daß Sie Schriftsteller sind?« fragte Ken.

Der Eifer im Gesicht des jungen Mannes erlosch, und als er die fünf Finger auf seine erhitzte Wange drückte, hinterließen sie weiße

* am Südwestzipfel von Long Island, berühmt wegen seines Strandes und Vergnügungsparks

Male. »Einfach, weil ich's weiß. Ich habe so sehr gearbeitet, und ich glaube an meine Begabung.« Nach einer Pause fuhr er fort: »Wenn man nach zehn Jahren nichts als eine Erzählung in einer kleinen Zeitschrift vorzuweisen hat, dann ist das natürlich kein besonders glänzender Anfang. Aber bedenken Sie doch die Kämpfe, die fast jeder Schriftsteller hat, sogar die großen Genies. Ich habe Zeit und Energie, und wenn mein Roman endlich druckreif ist, dann wird die Welt das Talent erkennen.«

Der rückhaltlose Ernst des jungen Mannes widerte Ken an, denn er spürte darin etwas, das er selbst längst verloren hatte. »Talent«, sagte er bitter. »Ein kleines Talent mit einer einzigen Erzählung: das ist das fragwürdigste Geschenk, das Gott einem geben kann. Immer weiter und weiter arbeiten und hoffen und glauben, bis die Jugend vergeudet ist: so etwas habe ich schon oft mitangesehen. Ein kleines Talent ist Gottes größter Fluch.«

»Aber woher wollen Sie wissen, daß ich ein kleines Talent habe – Sie können doch gar nicht wissen, ob's nicht groß ist? Sie wissen es nicht; Sie haben nie ein einziges Wort gelesen, das ich geschrieben habe!« rief er unwillig.

»Ich habe nicht speziell an Sie gedacht. Ich habe nur theoretisch gesprochen.«

Das Zimmer roch sehr stark nach Gas, und

der Rauch reichte in streifigen Schichten bis unter die Decke. Der Fußboden war kalt, und Ken griff nach einem Kissen in der Nähe und setzte sich darauf. »Was für Sachen schreiben Sie?«

»Mein jetziges Buch handelt von einem Mann namens Brown – ich wollte ihm einen weitverbreiteten Namen geben, symbolisch für die ganze Menschheit. Er liebt seine Frau, und er muß sie umbringen, weil . . .«

»Sagen Sie nichts mehr! Ein Schriftsteller sollte nie im voraus über sein Buch sprechen! Außerdem habe ich schon alles gehört.«

»Wie ist das möglich? Ich habe es Ihnen noch nie erzählt und noch nicht zu Ende erzählt . . .«

»Das Ende ist mir gleich«, sagte Ken. »Ich habe die ganze Sache vor sieben, acht Jahren hier in diesem Zimmer gehört.«

Das erhitzte Gesicht wurde plötzlich bleich.

»Mr. Harris, wenn auch zwei von Ihren Büchern veröffentlicht wurden, so finde ich doch, daß Sie ein gemeiner Mensch sind.« Seine Stimme schwoll an. »Nörgeln Sie nicht an mir herum!«

Der junge Mann stand auf, zerrte den Reißverschluß seiner Jacke hoch und stellte sich, ohne mit jemand zu sprechen, verdrießlich in eine Ecke des Zimmers.

Nach einem Weilchen begann Ken sich zu fragen, weshalb er eigentlich hier sei. Er kannte keinen von der Gesellschaft, den Gastgeber ausgenommen, und das Bild von der Kehrichtablage und den zwei Sonnen irritierte ihn. In dem Zimmer voll fremder Menschen war keine Stimme, die ihm etwas gab, und der Sherry war seinem trockenen Mund zu scharf. Ohne sich von jemand zu verabschieden, verließ Ken das Atelier und ging die Treppe hinunter und nach draußen.

Er erinnerte sich, daß er kein Geld hatte und daher zu Fuß gehen mußte. Es schneite noch; der Wind pfiff schrill um die Straßenecken, und die Temperatur näherte sich dem Nullpunkt*. Er war noch viele Häuserblocks von seiner Wohnung entfernt, als er an einer ihm bekannten Straßenecke einen Drugstore sah und an heißen Kaffee denken mußte. Wenn er doch jetzt richtig heißen Kaffee trinken und die Hände um die Tasse legen könnte, dann würde es in seinem Gehirn klarer werden und er hätte die Kraft, nach Hause zu eilen und seiner Frau gegenüberzutreten und dem Etwas, das sich ereignen mußte, sobald er zu Hause war. Dann widerfuhr ihm etwas, das zuerst ganz alltäglich, ja sogar natürlich schien. Ein Mann mit hartem Filzhut wollte auf der menschenleeren

* minus 18 Grad Celsius

Straße an ihm vorbeigehen, und als sie auf gleicher Höhe waren, sagte Ken: »Hallo! 's muß ungefähr null Grad sein, wie?«

Der Mann zauderte einen Augenblick.

»Moment mal«, sagte Ken. »Ich bin nämlich in einer Klemme. Ich habe mein Geld verloren – egal, wie –, und ich dachte gerade, ob Sie mir wohl etwas Kleingeld für eine Tasse Kaffee geben könnten?«

Als Ken die Worte geäußert hatte, begriff er auf einmal, daß die Lage alles andere als alltäglich war: er und der Fremde wechselten jenen gewissen Blick voller Beschämung und Mißtrauen, wie er sich zwischen Bettler und Angebetteltem ergibt.

Der Fremde warf ihm rasch noch einen Blick zu, dann ging er hastig weiter.

»Warten Sie doch«, rief Ken. »Sie glauben, ich könnte ein Lump sein – das bin ich aber nicht. Ich bin Schriftsteller – ich bin kein Verbrecher.«

Der Fremde hastete auf die andere Straßenseite hinüber, und im Gehen schlug ihm die Aktentasche gegen die Knie. Ken kam erst nach Mitternacht nach Hause.

Marian lag im Bett und hatte ein Glas Milch auf dem Nachttisch stehen. Er mischte sich einen Highball und trug ihn ins Schlafzimmer, obwohl er seine Drinks sonst meistens heimlich und in Eile hinunterkippte.

»Wo ist die Uhr?«

»Im Wäschekorb.«

Er fand die Uhr und stellte sie neben die Milch auf den Nachttisch. Marian warf ihm einen seltsamen Blick zu.

»Wie war deine Party?«

»Scheußlich!« Nach einer Weile fügte er hinzu: »Diese Stadt ist ein trostloses Nest: die Parties, die Menschen, die argwöhnischen Fremden.«

»Du bist's doch, der die Parties immer so gern hat!«

»Nein. Nicht mehr.« Er setzte sich auf das Doppelbett neben Marian, und plötzlich stiegen ihm die Tränen in die Augen. »Liebes, was ist aus der Apfelfarm geworden?«

»Aus der Apfelfarm?«

»Aus *unsrer* Apfelfarm – erinnerst du dich nicht mehr?«

»Es ist so viele Jahre her – und so manches ist passiert.«

Doch obwohl der Traum längst vergessen war, tauchte er jetzt in aller Frische wieder auf. Er sah die Apfelblüten im Frühlingsregen vor sich, sah das graue alte Farmhaus. Er melkte in der Morgendämmerung, dann arbeitete er im Gemüsegarten mit dem grünen krausen Salat, dem staubfarbenen Sommermais, den Eierpflanzen und den weinroten Kohlköpfen, die im Tau irisierend schillerten.

Zum ländlichen Frühstück gab es Eierkuchen und Wurst aus dem Fleisch selbstgezüchteter Schweine. Waren Morgenarbeit und Frühstück beendet, dann arbeitete er vier Stunden lang an seinem Roman; am Nachmittag war der Zaun auszubessern oder Holz zu hacken. Er sah die Farm bei jedem Wetter: eingeschneit – dann konnte er einen ganzen Kurzroman hintereinander schreiben; milde, liebliche, leuchtende Maientage; die grüne Sommerszeit, wo er eigene Forellen fischte; der blaue Oktober und die Äpfel. Der Traum war Leben – unbefleckt von der Wirklichkeit.

»Und an den Abenden«, sagte er und sah das Kaminfeuer und die emporzuckenden und zusammensinkenden Schatten auf den Wänden des Farmhauses, »an den Abenden wollten wir uns Shakespeare gründlich vornehmen und die Bibel von Anfang bis zu Ende lesen.«

Einen Augenblick ließ sich Marian in den Traum einspinnen. »Es war im ersten Jahr unsrer Ehe«, sagte sie mit einer Stimme, die beleidigt oder verwundert klang. »Und nachdem wir die Apfelfarm in Schwung hatten, wollten wir ein Kind haben.«

»Ach ja, ich weiß«, sagte er, obwohl es ein

Teil des Planes war, den er völlig vergessen hatte. Er sah einen unbestimmten kleinen Jungen von etwa sechs Jahren in blauen Drellhosen. Und dann verschwand das Kind, und er sah sich selbst, ganz deutlich, auf dem Pferd, oder eher auf einem Maultier, wie er das fertige Manuskript eines großartigen Romans im nächsten Dorf auf die Post brachte, um es dem Verleger zu schicken.

»Wir könnten fast umsonst leben – und gut leben. Ich würde alle Arbeit verrichten – körperliche Arbeit ist's, die sich heutzutage bezahlt macht – und würde alles selbst ziehen, was wir essen. Wir hätten eigene Schweine und eine Kuh und Hühner.« Nach einer Pause sagte er: »Und eine Alkoholrechnung gäbe es dann nicht. Ich könnte Apfelwein und Cider-Likör machen. Mit einer Obstpresse und so weiter.«

»Ich bin müde«, sagte Marian und fuhr sich mit der Hand über die Stirn.

»Da gibt's keine New Yorker Parties, und am Abend lesen wir die Bibel von Anfang bis zu Ende. Ich habe noch nie die Bibel von Anfang bis zu Ende gelesen. Du schon?«

»Nein«, sagte sie, »man braucht keine Apfelfarm zu haben, wenn man die Bibel lesen will.«

»Vielleicht muß ich aber eine Apfelfarm haben, um die Bibel lesen zu können – und auch, um gut zu schreiben.«

»Na, *tant pis!*« Die französische Redensart brachte ihn auf. Vor ihrer Heirat hatte sie ein Jahr lang an einer höheren Schule Französisch unterrichtet, und manchmal, wenn sie schlechte Laune hatte oder seinetwegen enttäuscht war, benutzte sie gerne eine französische Redensart, die er oft nicht verstand.

Er spürte eine zunehmende, verhaltene Spannung, die er um jeden Preis beseitigen wollte. Geduckt und elend saß er auf der Bettkante und starrte auf das Muster der Tapete. »Mit meinen Idealen ist nämlich etwas ganz Verrücktes geschehen. Als ich jung war, hab ich felsenfest geglaubt, daß ich ein großer Schriftsteller würde. Und dann verstrichen die Jahre, und ich nahm mir fest vor, ein guter Durchschnittsschriftsteller zu werden. Kannst du mir den fatalen Abstieg nachempfinden?«

»Nein, ich bin zu erschöpft«, antwortete sie nach einer Weile. »Ich habe im letzten Jahr auch an die Bibel gedacht. Eins von den allerersten Geboten lautet: *Du sollst keine andern Götter haben neben mir!* Aber du und andere Leute gleich dir haben sich einen Gott gemacht aus dieser – dieser Illusion. Ihr lehnt jede andere Verantwortung ab, Familie, Finanzen und sogar die Selbstachtung betreffend. Ihr lehnt alles ab, was euren seltsamen Gott stören könnte. Im

Vergleich damit war das Goldene Kalb gar nichts!«

»Und nachdem ich mir vorgenommen hatte, ein guter Durchschnittsschriftsteller zu werden, mußte ich meine Ideale noch weiter herunterschrauben: ich schrieb Scripts fürs Fernsehen und versuchte, ein gerissener Schreiberling zu werden. Aber nicht mal das konnte ich durchführen. Kannst du dir mein Entsetzen vorstellen? Ich bin sogar gemein und neidisch geworden – das war ich früher nie! Solange ich glücklich war, war ich ein ganz guter Mensch ... Das Letzte und Schlimmste wäre, alles aufzugeben und eine Stelle als Reklamedichter zu suchen. Kannst du dir vorstellen, wie es mir davor graut?«

»Ich habe schon oft gedacht, das wäre eine Lösung. Alles, Darling, was dir deine Selbstachtung wiedergeben kann.«

»Ja«, sagte er. »Aber lieber möcht ich noch eine Stelle in einem Leichenschauhaus annehmen oder Würstchen braten.« Ihre Augen blickten voller Besorgnis. »Es ist spät. Geh zu Bett!«

»Auf der Apfelfarm würde ich tüchtig schaffen, körperliche Arbeiten verrichten und auch schreiben. Und es wäre friedlich und sicher. Warum können wir's nicht tun, Babylieb?«

Sie schnitt sich einen Niednagel ab und blickte Ken nicht mal an.

»Vielleicht könnte ich von deiner Tante Rose Geld borgen – auf ganz legale Weise, wie von der Bank. Mit Hypotheken auf die Farm und die Ernten. Und ich würde ihr mein neues Buch widmen.«

»Borgen? Nicht von meiner Tante Rose.« Marian legte die Schere auf den Nachttisch. »Ich will jetzt schlafen.«

»Warum glaubst du nicht an mich – und an die Apfelfarm? Warum willst du sie nicht haben? Es würde so friedlich sein – und so sicher. Wir wären allein – weit fort. Warum willst du es nicht?«

Ihre schwarzen Augen standen weit offen, und er las einen Ausdruck in ihnen, den er erst ein einziges Mal gesehen hatte. Sehr entschieden sagte sie: »Weil ich um alles in der Welt nicht mit dir allein auf der verrückten Apfelfarm sein will – allein und ohne Ärzte und Freunde und Hilfe!« Aus der Besorgnis war jähes Entsetzen geworden, und ihre Augen loderten vor Angst. Ihre Hände zupften nervös am Bettuch.

Kens Stimme klang erschüttert. »Aber Baby, du wirst doch keine Angst vor mir haben? Ich würde dir nicht die kleinste Augenwimper krümmen! Ich würde nicht dulden, daß der Wind dich anbläst! Ich könnte keiner ...«

Marian zog ihr Kissen zurecht, legte sich hin

und drehte ihm den Rücken zu. »Meinetwegen. Gute Nacht!«

Eine Weile saß er verwirrt da, dann kniete er auf dem Fußboden vor Marians Bett, und seine Hand lag sanft auf ihrer Hüfte. Das dumpfe Drängen der Begierde wurde durch die Berührung noch angefacht. »Komm! Ich zieh mich aus! Wollen uns liebhaben!« Er wartete, aber sie rührte sich nicht und gab keine Antwort.

»Komm, Babylieb!«

»Nein«, sagte sie. Doch sein Verlangen wuchs, und er vernahm ihre Worte nicht. Seine Hand zitterte, und die Fingernägel hoben sich schmuddelig von der weißen Bettdecke ab. »Nicht mehr!« sagte sie. »Niemals wieder!«

»Bitte, Liebes! Dann haben wir's hinterher schön friedlich und können gut schlafen. Darling, Darling, du bist mein ein und alles. Du bist meine Sonne!«

Marian schob seine Hand weg und setzte sich unvermittelt rasch hoch. Ihre Angst war aufblitzendem Zorn gewichen, und an ihrer Schläfe zeichnete sich eine blaue Ader ab. »Deine Sonne?« Ihre Stimme sollte ironisch klingen, doch gelang es ihr nicht ganz. »Jedenfalls bin ich dein Portemonnaie!«

Das Beleidigende ihrer Worte kam ihm nur

langsam zu Bewußtsein; dann schoß der Zorn so heftig wie eine Flamme in ihm hoch. »Ich ... bin ...«

»Du denkst, du wärst der einzige, der enttäuscht wurde. Ich habe einen Schriftsteller geheiratet, von dem ich glaubte, er würde eine Berühmtheit werden. Ich habe dich mit Freuden unterstützt. Ich habe geglaubt, es würde sich bezahlt machen. Darum habe ich in einem Büro gearbeitet, während du zu Hause sitzen und deine ›Ideale‹ hinunterschrauben konntest. Mein Gott, was ist aus uns geworden!«

»Ich ... ich ...« Aber vor Wut konnte er noch immer kein Wort herausbringen.

»Vielleicht hätte man dir helfen können. Wenn du zu einem Arzt gegangen wärst, als die Störung bei dir einsetzte. Wir wissen's beide seit langem, daß du krank bist!«

Wieder sah er den Ausdruck, den er schon früher einmal gesehen hatte. Der Blick war das einzige, was ihm damals von der gräßlichen Bewußtseinstrübung noch im Gedächtnis geblieben war – die schwarzen, vor Angst lodernden Augen und die pochende Schläfenader. Er fing den Ausdruck auf – und nahm ihn selbst an, so daß sich ihre Blicke, vor Entsetzen funkelnd, begegneten.

Ken konnte es nicht länger aushalten; er riß

die Schere vom Nachttisch, hob sie hoch und heftete den Blick auf die Schläfenader. »Krank«, sagte er endlich. »Du meinst: verrückt! Ich werde dich lehren, Angst zu haben, daß ich verrückt sein könnte! Ich werde dich lehren, von Portemonnaie zu reden! Ich werde dich lehren, mir zu sagen, ich sei verrückt!«

Marians Augenlider zitterten vor Aufregung, und sie machte einen matten Versuch, sich zu bewegen. Die Ader an ihrer Schläfe zuckte wild. »Daß du dich nicht rührst!« Dann, mit unendlicher Anstrengung, öffnete er die Hand, und die Schere fiel auf den Teppich. »Entschuldige«, sagte er. »Verzeih mir!«

Nach einem wirren Blick durchs ganze Zimmer gewahrte er die Schreibmaschine und ging darauf zu.

»Ich bringe die Schreibmaschine ins Wohnzimmer. Ich habe heute mein Pensum noch nicht geschafft. Bei solchen Dingen muß man sich Zwang auferlegen.«

Er setzte sich im Wohnzimmer an die Schreibmaschine und tippte, um ein Geräusch hervorzurufen, abwechselnd x und r. Nach einigen Zeilen hörte er damit auf und sagte mit leerer Stimme:

»So, die Geschichte sitzt endlich auf den Hinterbeinen!« Dann begann er zu schreiben: *Der faule braune Fuchs sprang über den listigen*

Hund. Er schrieb es ein paarmal hintereinander, dann lehnte er sich an.

»Liebstes Herz«, sagte er sehr innig, »du weißt, wie sehr ich dich liebe. Du bist die einzige Frau, an die ich jemals gedacht habe. Du bist mein Leben. Versteht du mich, mein liebstes Herz?«

Sie antwortete nicht, und die ganze Wohnung war still, bis auf das Gluckern in den Radiatoren.

»Verzeih mir«, sagte er. »Es tut mir so leid, daß ich die Schere aufhob! Du weißt, daß ich dich nicht mal kneifen könnte. Sag mir, daß du mir verzeihst! Bitte, bitte, sag's mir!«

Es kam noch immer keine Antwort.

»Ich will dir ein guter Mann sein. Ich will mir sogar eine Stelle bei einer Reklamefirma besorgen. Ich will ein Sonntagsdichter werden und nur übers Wochenende und an den Feiertagen schreiben. Ich will's, mein Darling, ich will's!« rief er verzweifelt. »Obwohl ich viel lieber Würstchen im Leichenschauhaus verkaufen möchte.« War es der Schnee, der die Zimmer so still machte? Er schrieb:

Warum hab ich solche Angst?
Warum hab ich solche Angst?
Warum hab ich solche Angst?
Warum hab ich solche Angst?

Er stand auf, ging in die Küche und öffnete den Eisschrank. »Liebes, ich bringe dir was Feines zu essen! Was ist das für dunkles Zeug da auf der Untertasse in der Ecke hinten? Oh, 's ist Leber vom letzten Sonntagabend. Du ißt so schrecklich gern Hühnerleber – oder möchtest du lieber etwas Kochendheißes haben? Vielleicht Suppe? Wie, Liebes?«

Kein Laut drang zu ihm.

»Du hast bestimmt keinen Bissen zu Abend gegessen. Du mußt erledigt sein – all die scheußlichen Gesellschaften mit der Trinkerei und dem Herumstehen – ohne einen Happen zu essen! Wir wollen essen, und hinterher können wir uns liebhaben.«

Er stand still und lauschte. Dann ging er, in der Hand die fettig glänzende Leber, auf Zehenspitzen ins Schlafzimmer. Das Zimmer war leer. Das Badezimmer ebenfalls. Er stellte die Hühnerleber vorsichtig auf den weißen Kommodenläufer. Dann stand er auf der Schwelle, mit erhobenem Fuß, wie um zu gehen, und ihn doch einige Augenblicke in der Luft haltend.

Danach öffnete er die Schränke, sogar die Besenkammer in der Küche, und schaute hinter Möbel und blinzelte spähend unters Bett. Marian war nirgends. Endlich bemerkte er, daß ihr Leopardenmantel und ihre Handtasche fehlten. Er keuchte, als er sich vors Telephon setzte.

»Heh, Doktor? Hier ist Ken Harris. Meine Frau ist verschwunden. Sie ist einfach aus der Wohnung gegangen, während ich an der Schreibmaschine saß. Ist sie bei Ihnen? Hat sie mit Ihnen telephoniert?« Er zeichnete Vierecke und Wellenlinien auf den Telephonblock. »Teufel noch eins, ja! Wir haben uns gestritten. Ich hab die Schere genommen – nein, ich habe Marian nicht angerührt! Ich würde ihr nicht mal am kleinen Fingernagel wehtun. Nein, sie ist nicht verletzt – wie kommen Sie auf solche Gedanken?« Ken lauschte. »Ich will Ihnen mal was sagen: ich weiß, daß Sie meine Frau hypnotisiert haben, daß Sie ihre Einstellung zu mir vergiftet haben. Wenn irgendwas zwischen meiner Frau und mir vorfällt, dann bringe ich Sie um! Dann komm ich in Ihr hochnäsiges Park-Avenue-Sprechzimmer und schlage Sie tot!«

Als er so allein in den leeren, stummen Zimmern war, empfand er eine unbestimmte Furcht, die ihn an die Gespensterfurcht seiner Kindheit erinnerte. Er saß auf dem Bett, hatte noch die Schuhe an und umschlang mit beiden Armen die Knie. Eine Zeile aus einem Gedicht fiel ihm ein. »Mein Lieb, mein Lieb, mein Lieb, warum ließest du mich so allein?« Er schluchzte und biß durch den Hosenstoff in sein Knie.

Nach einer Weile rief er alle Wohnungen an, in denen sie hätte sein können, und beschuldigte ihre Freunde, sie hätten sich in seine Ehe eingemischt oder sie hielten Marian versteckt. Als er bei Mabel Goodley anrief, hatte er den kleinen Vorfall während der Party vergessen und sagte ihr, er wolle vorbeikommen, er müsse sie sprechen. Als sie erwiderte, es sei drei Uhr und sie müsse am Morgen zeitig aufstehen, fragte er sie, wozu Freunde denn da seien, wenn nicht für solche Fälle. Er beschuldigte sie, Marian versteckt und sich in seine Ehe eingemischt zu haben, ja, mit dem gemeinen Psychiater unter einer Decke zu stecken.

Gegen Morgen hörte es auf zu schneien. Die erste Morgendämmerung war perlgrau, und der Tag versprach schön und sehr kalt zu werden. Bei Sonnenaufgang zog Ken seinen Mantel an und ging nach unten. Die Sonne besprenkelte den frischen Schnee mit Gold, und die Schatten waren von einem kühlen Lavendelblau. Mit allen Sinnen nahm er den eisigen Morgenglanz in sich auf und dachte dabei, daß er über solch einen Tag hätte schreiben sollen – denn das war's, worüber er eigentlich hatte schreiben *wollen.*

Mit blanken, irren Augen, eine geduckte, hagere Gestalt, so stapfte Ken langsam zur Untergrundbahn. Er dachte an die Räder des Zuges und an den stählernen Lufthauch und das Dröhnen. Er dachte, ob es wohl wahr sei, daß das Gehirn in der letzten Sterbeminute alle Bilder der Vergangenheit aufleuchten läßt: die Apfelbäume, die Geliebten, die Melodie verlorener Stimmen – alle lebendig verschmolzen im sterbenden Gehirn. Er ging sehr langsam, die Blicke auf seine einsamen Fußstapfen geheftet, in den unberührten Schnee hinein.

Ein Polizist zu Pferde ritt ganz in seiner Nähe dicht am Prellstein entlang. Der Atem des Pferdes stand deutlich in der stillen, kalten Luft, und seine Augen waren violett und gläsern.

»Heh, Wachtmeister, ich muß etwas melden! Meine Frau ist mit der Schere auf mich losgegangen, sie hat auf die blaue Ader gezielt! Dann ist sie aus der Wohnung gelaufen. Meine Frau ist sehr krank – verrückt! Man sollte ihr helfen, bevor irgendwas Schreckliches passiert. Sie hat keinen Happen Abendbrot gegessen, nicht mal die kleine Hühnerleber!«

Ken stapfte mühselig weiter, und der Polizist blickte ihm nach, wie er sich entfernte. Kens Weg war so wenig vorauszusehen wie der des unsichtbaren Windes; er dachte nur an seine Fußstapfen und an die Strecke, die vor ihm lag, unbegangen.

Wunderkind

Sie trat ins Wohnzimmer: die Notentasche klatschte gegen ihre in Winterstrümpfen steckenden Beine; der rechte Arm wurde durch die Schulbücher nach unten gezogen. So stand sie einen Augenblick und lauschte auf die Klänge aus dem Studio. Eine weiche Folge von Klavierakkorden und das Stimmen einer Geige. Dann rief ihr Mr. Bilderbach mit seiner dicken, kehligen Stimme zu: »Bist du's, Bienchen?«

Als sie mit einem Ruck die Fäustlinge auszog, sah sie, daß ihre Finger noch im gleichen Rhythmus wie die Fuge zuckten, an der sie heute morgen gearbeitet hatte. »Ja«, antwortete sie. »Ich bin's.«

»Nur einen Augenblick!«

Sie hörte Mr. Lafkowitz sprechen – seine Worte spulten sich wie ein seidiges, unverständliches Gesumm ab. Eine Stimme fast wie die einer Frau, dachte sie, wenn man sie mit der Mr. Bilderbachs verglich. Dann wurde ihre Aufmerksamkeit durch ihre Unrast abgelenkt. Sie fummelte mit dem Geometriebuch und der *Voyage de Monsieur Perrichon* herum, ehe sie beides auf den Tisch legte. Sie setzte sich aufs Sofa und begann ihre Noten aus der Tasche zu nehmen. Wieder sah sie ihre Hände, die zitternden Sehnen, die von den Knöcheln nach unten strebten, und den schlimmen Finger mit dem aufbröselnden, schmutzigen Verband. Der Anblick verstärkte noch die Furcht, die sie während der letzten paar Monate gequält hatte.

Lautlos flüsterte sie sich ein paar aufmunternde Redensarten zu. Eine gute Lektion … eine gute Lektion, wie früher … Ihre Lippen schlossen sich, als sie das schwerfällige Geräusch von Mr. Bilderbachs Schritten auf dem Fußboden des Studios und das Quietschen der Tür vernahm, die auf die Seite glitt.

Einen Augenblick hatte sie das seltsame Gefühl, als habe sie während des größten Teils von all den fünfzehn Jahren ihres Lebens nur auf das Gesicht und auf die Schultern geblickt, die hinter der Tür hervorstachen – und immer in einer Stille, die nur durch das gedämpfte, ausdruckslose Zupfen einer Geigensaite unterbrochen wurde. Mr. Bilderbach. Ihr Lehrer, Mr. Bilderbach. Flinke Augen hinter den Rändern der Hornbrille, lichtes, dünnes Haar, und darunter ein schmales Gesicht; die Lippen voll und nur halb geschlossen, die Unterlippe vom ständigen Draufbeißen rosig und feucht schimmernd; die sich verästelnden Adern an seinen Schläfen so deutlich pulsierend, daß man es durchs ganze Zimmer beobachten konnte.

»Kommst du nicht ein bißchen zu früh?« fragte er und blickte auf die Kaminuhr, die seit einem Monat auf fünf Minuten vor zwölf zeigte.

»Josef ist bei mir. Wir spielen gerade eine kleine Sonatine von jemand durch, den er kennt.«

»Gut«, sagte sie und versuchte zu lächeln. »Ich höre zu.« In Gedanken sah sie ihre Finger, die kraftlos in einem Gewirr von Klaviertasten versanken. Sie spürte ihre Müdigkeit und dachte, wenn er sie noch länger ansähe, würden ihre Hände vielleicht zu zittern anfangen.

Unentschlossen stand er da, noch halb im Zimmer. Seine Zähne fuhren heftig in die glänzende, geschwollene Unterlippe. »Hungrig, Bienchen?« fragte er. »Es ist Apfelkuchen da, den Anna gebacken hat, und Milch.«

»Ich warte lieber bis nachher«, sagte sie. »Danke!«

»Nachher, wenn du eine sehr gute Lektion hinter dir hast, wie?« Sein Lächeln schien an den Mundwinkeln zu zerbröckeln.

Aus dem Studio hinter ihm kam ein Geräusch, und Mr. Lafkowitz stieß den andern Flügel der Schiebetür auf und blieb neben ihm stehen.

»Frances?« sagte er. »Gute Fortschritte mit der Arbeit?«

Ohne daß er es beabsichtigte, flößte ihr Mr. Lafkowitz stets ein Gefühl ein, daß sie ungeschickt und in die Länge geschossen sei. Er war selbst ein so kleines Männchen mit einem müden Blick, falls er nicht seine Geige hielt. Seine Augenbrauen wölbten sich hoch über dem gelblichen, jüdischen Gesicht, als stellten sie verwunderte Fragen, doch die Augenlider drusselten schlaff und gleichgültig. Heute schien er zerstreut. Sie beobachtete, wie er ohne ersichtlichen Grund ins Zimmer trat, den Bogen mit der Perlmutterspitze in den stillen Fingern hielt und das weiße Roßhaar langsam durch ein weißliches Stück Kolophonium zog. Seine Augen waren heute scharfe, glänzende Schlitze, und das Leinentaschentuch, das ihm vom Kragen niederhing, ließ die Schatten unter seinen Augen noch dunkler erscheinen.

»Du arbeitest also jetzt mit großem Erfolg, scheint mir?« lächelte Mr. Lafkowitz, obwohl sie seine Frage noch nicht beantwortet hatte.

Sie sah Mr. Bilderbach an. Er wandte sich ab. Seine schwere Schulter stieß die Tür weit auf, so daß die späte Nachmittagssonne durch das Fenster im Studio flutete und gelbe Lichtleitern ins staubige Wohnzimmer sandte. Hinter ihrem Lehrer konnte sie den geduckten langen Flügel und das Fenster und die Büste von Brahms sehen.

»Nein«, sagte sie zu Mr. Lafkowitz. »Ich arbeite schrecklich schlecht.« Mit ihren schmächtigen Fingern schnippte sie gegen die Notenblätter. »Ich weiß nicht, was los ist«, sagte sie und blickte auf den gebeugten, muskulösen Rücken Mr. Bilderbachs, der drüben voller Spannung zuhörte.

Mr. Lafkowitz lächelte. »Es gibt Zeiten, glaube ich, in denen man . . .«

Ein schroffer Akkord drang vom Flügel her. »Meinen Sie nicht, wir sollten lieber weitermachen?« fragte Mr. Bilderbach.

»Sofort«, sagte Mr. Lafkowitz und zog den Bogen noch einmal durch, ehe er zur Türe ging. Dann sah sie, wie er seine Geige vom Flügel nahm. Er erhaschte ihren Blick und ließ sein Instrument sinken. »Hast du das Bild von Heime gesehen?«

Ihre Finger krallten sich fest um die scharfe Ecke der Notentasche. »Welches Bild?«

»Eins von Heime, im *Musical Courier* dort auf dem Tisch! Auf der ersten Innenseite!«

Die Sonatine begann. Dissonant und doch irgendwie unkompliziert. Dürftig und doch mit einem sehr eigenen, geschliffenen Stil. Sie griff nach der Zeitschrift und schlug sie auf.

Da war Heime – in der linken Ecke. Er hatte die Geige in der Hand und hielt die Finger, für ein Pizzikato gekrümmt, über den Saiten. In dunkler Serge-Pumphose, die unter den Knien ordentlich festgeschnallt war, und mit einem Sweater und Rollkragen. Es war ein schlechtes Bild. Obwohl es im Profil aufgenommen war, wandte sich das Auge zum Photographen, und die Finger sahen aus, als müßten sie die falsche Saite anzupfen. Er schien unwillig, daß er sich dem Apparat hatte zuwenden müssen. Er war magerer geworden – sein Bauch stand nicht mehr vor –, aber im letzten halben Jahr hatte er sich nicht sehr verändert.

»Heime Israelsky, der begabte junge Geiger, während der Arbeit im Studio seines Lehrers am Riverside Drive aufgenommen. Der kleine Meister Israelsky, der bald seinen fünfzehnten Geburtstag feiern kann, ist aufgefordert worden, das Beethoven-Konzert zu spielen, zusammen mit . . .«

Heute früh, nachdem sie von sechs bis acht geübt hatte, war sie von ihrem Papa gezwungen worden, sich mit der Familie an den Frühstückstisch zu setzen. Sie verabscheute das Frühstück: hinterher war ihr davon übel. Lieber wartete sie und kaufte sich von ihren zwanzig Cent Lunch-Geld vier Riegel Schokolade und kaute sie während der Schulstunden – indem sie unter dem Schutz ihres Taschentuchs kleine Stückchen aus der Tasche förderte und, wenn das Silberpapier knisterte, erschrocken innehielt. Doch heute früh hatte der Papa ihr ein Spiegelei auf den Teller gelegt, und sie hatte gewußt, daß sie, wenn es platzte und das schleimige Gelb über das Weiße quoll, weinen würde. Und so war's auch gekommen. Jetzt hatte sie das gleiche Gefühl. Behutsam legte sie die Zeitschrift wieder auf den Tisch und machte die Augen zu.

Die Musik im Studio schien heftig und ungeschickt auf etwas zu bestehen, das nicht zu haben war. Nach einem Weilchen entfernten sich ihre Gedanken von Heime und dem Konzert und dem Bild – und kreisten wieder um das Spiel. Sie rutschte auf dem Sofa weiter vor, bis sie gut ins Studio schauen konnte, wo die beiden spielten und aufmerksam die Vorzeichen beachteten und alles, was sie dort fanden, kraftvoll ausführten.

Mr. Bilderbachs Gesicht, als er sie vorhin angeblickt hatte, kam ihr nicht aus dem Sinn. Ihre Hände, die immer noch unwillkürlich im Rhythmus der Fuge zuckten, falteten sich über ihren knochigen Knien. Wie müde sie war! Und wieder hatte sie das Gefühl des Kreiselns und Versinkens, das sie oft überfiel, kurz bevor sie in Schlaf sank, wenn sie abends zu lange geübt hatte. Genau wie die müden Halbträume, die sie summend einkreisten und sie in wirbelnde Räume entführten.

Ein Wunderkind – ein Wunderkind – ein Wunderkind*! Die Silben kamen auf die dunkle deutsche Art angerollt, dröhnten ihr gegen die Ohren und verebbten zu einem Gemurmel, gleichzeitig mit den Gesichtern, die kreiselten und bis zur Entstellung anschwollen und zu bleichen Ballons verblaßten: Mr. Bilderbach, Mrs.

* Im Originaltext steht das deutsche Wort

Bilderbach, Heime, Mr. Lafkowitz. Rundherum, immer rundherum drehten sie sich im Kreis um das kehlige Wort Wunderkind. Mr. Bilderbach bedrohlich groß in der Mitte des Kreises, mit drängendem Gesicht – und die andern rings um ihn herum.

Akkorde schaukelten wie toll auf und ab. Noten, die sie geübt hatte, purzelten eine über die andre, wie eine Handvoll Murmeln, die man die Treppe hinunterwirft. Bach, Debussy, Prokofieff, Brahms – in groteskem Takt mit dem fernen Pochen ihres ermüdeten Körpers und dem summenden Kreis.

Manchmal, wenn sie nur drei Stunden geübt hatte oder nicht in die Schule gegangen war, waren die Träume nicht so wirr. Dann schwang sich die Musik in ihrem Denken klar empor, und kurze, deutliche kleine Erinnerungen kamen ihr: klar wie das alberne Bild *Age of Innocence*, das Heime ihr geschenkt hatte, nachdem ihr gemeinsames Konzert beendet war.

Ein Wunderkind – ein Wunderkind. So hatte Mr. Bilderbach sie genannt, als sie mit zwölf Jahren zum erstenmal zu ihm gekommen war. Ältere Schüler hatten das Wort wiederholt.

Nicht etwa, daß er sie je so angeredet hätte. »Bienchen ...« (sie hatte einen schlichten amerikanischen Namen, aber den benutzte er niemals, außer wenn sie ganz entsetzliche Fehler machte), »Bienchen«, sagte er wohl, »ich weiß, daß es schrecklich sein muß. Die ganze Zeit einen so vollen Kopf mit sich herumschleppen müssen! Armes Bienchen ...«

Mr. Bilderbachs Vater war ein holländischer Geiger gewesen. Seine Mutter stammte aus Prag. Er war in Amerika geboren, hatte aber seine Jugend in Deutschland verlebt. Wer weiß wie oft hatte sie gewünscht, sie wäre nicht einfach in Cincinnati geboren und aufgewachsen. Wie heißt *cheese* auf deutsch? Mr. Bilderbach, was heißt auf holländisch *I don't understand you*?

Der erste Tag, an dem sie ins Studio kam. Nachdem sie die ganze Zweite Ungarische Rhapsodie auswendig gespielt hatte. Das Zimmer im Zwielicht immer schattiger. Sein Gesicht, als er sich über den Flügel beugte.

»Jetzt fangen wir wieder ganz von vorne an«, hatte er an jenem ersten Tag gesagt. »Es gehört mehr als nur Geschick dazu – zum Musizieren. Wenn die Finger eines zwölfjährigen Mädchens in einer Sekunde soundsoviel Tasten spielen können – das besagt noch gar nichts.«

Mit seiner dicken Hand klopfte er auf seine breite Brust und gegen die Stirn. »Hier – und hier! Du bist alt genug, um das zu verstehen.« Er zündete sich eine Zigarette an und blies den ersten Rauch sachte über ihren Kopf weg. »Und arbeiten, arbeiten und nochmal arbeiten! Wir wollen jetzt mit den Bach-Stückchen und den kleinen Schumann-Sachen anfangen.« Seine Hände bewegten sich wieder, diesmal, um an der Schnur der Lampe hinter ihr zu ziehen und auf die Noten zu deuten. »Ich zeige dir jetzt, wie ich das Stück geübt haben möchte. Höre gut zu!«

Sie hatten fast drei Stunden am Flügel zugebracht, und sie war sehr müde. Seine tiefe Stimme klang so, als hätte sie schon lange in ihr getönt. Sie hätte gern die Hand ausgestreckt und seinen federnden Finger berührt, der die Phrasierung angab, und hätte gern den funkelnden goldnen Reif berührt und den starken behaarten Handrücken.

Sie hatte dienstags nach der Schule und an den Samstagnachmittagen Unterricht. Oft blieb sie, wenn die Samstagslektion zu Ende war, zum Abendbrot, und dann auch noch über Nacht, und fuhr erst am andern Morgen mit der Straßenbahn nach Hause. Mrs. Bilderbach hatte Bienchen auf ihre stille, fast ein wenig einfältige Art recht gern. Sie war ganz anders als ihr Mann. Sie war ruhig und dick und langsam. Wenn sie nicht in der Küche war und die schweren Gerichte zubereitete, die sie beide liebten, dann schien sie all ihre Zeit oben im Bett zu verbringen, Zeitschriften zu lesen oder einfach mit einem kleinen Lächeln ins Leere zu starren. Als sie in Deutschland geheiratet hatte, war sie Liedersängerin gewesen. Jetzt sang sie nicht mehr (wegen ihrer Kehle, wie sie sagte). Wenn er sie von der Küche ins Studio rief, damit sie sich einen Schüler oder eine Schülerin anhörte, dann lächelte sie stets und sagte, es sei gut, sehr gut.

Als Frances dreizehn Jahre alt war, wurde ihr eines Tages bewußt, daß Bilderbachs keine Kinder hatten. Es schien seltsam. Eines Tages war sie hinten bei Mrs. Bilderbach in der Küche gewesen, als er aus dem Studio gestürzt kam und sich wegen eines Schülers, der ihn geärgert hatte, vor Zorn nicht zu fassen wußte. Seine Frau stand da und rührte in der dicken Suppe, bis seine Hand sich vortastete und auf ihrer Schulter liegenblieb. Da drehte sie sich um, noch immer gelassen dastehend, indes er seine Arme um sie schlang und sein scharfes Profil im weißen, kraftlosen Fleisch ihres Halses vergrub. So standen sie da, ohne sich zu rühren. Und dann zuckte sein Gesicht plötzlich zurück: der Zorn war einer stillen Ausdruckslosigkeit gewichen, und er war wieder ins Studio gegangen.

Nachdem sie mit dem Unterricht bei Mr. Bilderbach begonnen hatte und ihr keine Zeit mehr blieb, Klassengenossinnen zu sehen, war Heime der einzige Freund in ihrem Alter. Er war Mr. Lafkowitz' Schüler und kam manchmal an den Abenden, an denen sie auch da war, mit ihm zu Bilderbachs. Dann hörten sie dem Spiel ihrer beiden Lehrer zu. Und oft spielten sie auch selbst zusammen: Kammermusik, Sonaten von Mozart oder Bloch.

Ein Wunderkind. Ein Wunderkind.

Heime war ein Wunderkind. Er und dann sie.

Heime hatte seit seinem vierten Lebensjahr Geige gespielt. Er brauchte nicht in die Schule zu gehen; Mr. Lafkowitz' Bruder, der verkrüppelt war, unterrichtete ihn nachmittags in Geometrie und europäischer Geschichte und französischer Grammatik. Als er dreizehn war, hatte er eine ebenso gute Technik wie jeder Geiger in Cincinnati – das sagten alle. Aber auf der Geige zu spielen mußte leichter sein als auf dem Klavier. Sie war überzeugt davon.

Heime roch ewig nach Samtmanchesterhosen und Kolophonium und nach dem, was er gerade gegessen hatte. Außerdem waren seine Hände rings um die Handgelenke meistens schmuddelig, und die Manschetten seiner Hemden schauten schwärzlich aus den Sweaterärmeln hervor. Wenn er spielte, beobachtete sie immer seine Hände: sie waren nur in den Fingergelenken dünn; harte kleine Fleischklümpchen wulsteten sich über die kurzgeschnittenen Nägel, und im bogenführenden Handgelenk zeichnete sich deutlich die Falte ab, die so babyhaft aussah.

In ihren Träumen, und auch wenn sie wachte,

konnte sie sich nur ganz verschwommen an das Konzert erinnern. Erst viele Monate später erfuhr sie, daß es für sie kein Erfolg gewesen war. Zwar hatten die Zeitungen Heime viel mehr gerühmt als sie. Aber er war ja auch viel kleiner als sie. Als sie zusammen auf der Bühne standen, hatte er ihr nur bis an die Schulter gereicht. Und davon ließen sich die Leute beeinflussen, wie sie wußte. Und dann war es auch wegen der Sonate gewesen, die sie zusammen gespielt hatten. Von Bloch.

»Nein, nein, ich glaube nicht, daß sie geeignet ist«, hatte Mr. Bilderbach gesagt, als davon die Rede war, das Konzert mit der Bloch-Sonate zu beschließen. »Dagegen die Sache von John Powell – die Virginische Sonate . . .«

Damals hatte sie es nicht begriffen; sie hatte gewünscht, es sollte die Bloch sein, genauso wie Mr. Lafkowitz und Heime.

Mr. Bilderbach hatte nachgegeben. Später, nachdem die Kritiker gesagt hatten, ihr fehle es für jene Art Musik an Temperament, und nachdem sie ihr Spiel dünn und arm an Gefühl genannt hatten, war sie der Ansicht, sie sei hineingelegt worden.

»All der intellektuelle Kram«, sagte Mr. Bilderbach und knisterte mit der Zeitung. »Das ist nichts für dich, Bienchen. All das mußt du den Heimes und . . . witzes und . . . skys überlassen.«

Ein Wunderkind. Einerlei, was die Zeitungen behaupteten, *er* hatte sie so genannt.

Wieso hatte Heime beim Konzert so viel besser abgeschnitten als sie? Manchmal in der Schule, wenn sie eigentlich aufpassen sollte, wie eine Geometrieaufgabe an der Wandtafel gelöst wurde, hatte die Frage wie ein Messer in ihr gewühlt. Im Bett machte sie sich auch Gedanken darüber, und sogar manchmal, wenn sie sich auf ihr Klavierspiel hätte konzentrieren sollen. Es war nicht bloß wegen Bloch, und weil sie keine Jüdin war – nicht das allein. Es war auch nicht deshalb, weil Heime nicht in die Schule zu gehen brauchte und seine Ausbildung schon so früh begonnen hatte. Es war . . .?

Einmal glaubte sie schon, es zu wissen.

»Spiel die Fantasie und die Fuge!« hatte Mr. Bilderbach eines Abends vor etwa einem Jahr verlangt – nachdem er und Mr. Lafkowitz zusammen irgendwelche Noten gelesen hatten.

Der Bach kam ihr, während sie ihn spielte, als sehr geglückt vor. Mit dem äußersten Augenwinkel konnte sie den ruhigen, zufriedenen Ausdruck in Mr. Bilderbachs Gesicht gewahren und sehen, wie seine Hände sich mitgehend von den Armlehnen hoben und dann wieder entspannt und zufrieden nach unten sanken, wenn die großen Bögen der Melodie mit Erfolg durchgeführt waren. Als sie fertig war, stand sie auf und schluckte, um die Fesseln zu lösen, die ihr die Musik um Brust und Kehle gelegt zu haben schien. Aber dann:

»Frances«, hatte Mr. Lafkowitz dann plötzlich gesagt und sie angeschaut – den schmallippigen Mund gekräuselt und die Augen fast verdeckt von den zerbrechlichen Lidern, »Frances, weißt du auch, wieviel Kinder Bach hatte?«

Sie drehte sich verblüfft um. »Sehr viele. Über zwanzig.«

»Dann konnte er also ...« Die Winkel seines Lächelns ritzten sich leicht in das blasse Gesicht. »Dann konnte er also nicht ... so kalt gewesen sein.«

Mr. Bilderbach war nicht angenehm berührt; aus seinem kehligen deutschen Wortschwall trat das Wort ›Kind‹ hervor. Mr. Lafkowitz zog die Augenbrauen in die Höhe. Sie hatte gleich begriffen, um was es sich handelte, doch hielt sie es nicht für eine Täuschung, wenn sie eine ausdruckslose und kindliche Miene aufsetzte, denn Mr. Bilderbach wollte gern, daß sie so aussah.

Und doch hatten derlei Dinge nichts damit zu tun. Nicht sehr viel wenigstens, denn sie wurde ja älter. Mr. Bilderbach konnte das verstehen, und sogar Mr. Lafkowitz hatte es nicht genau so gemeint, wie er's gesagt hatte.

In ihren Träumen tauchte Mr. Bilderbachs Gesicht drohend auf und zog sich dann auf den

Mittelpunkt des wirbelnden Kreises zurück. Die Lippen hoben sich leicht, und die Adern an seinen Schläfen pochten beharrlich.

Doch manchmal hatte sie vor dem Einschlafen auch sehr deutliche Erinnerungsbilder, zum Beispiel, wie sie ein Loch in der Ferse ihres Strumpfs nach unten zog, damit der Schuh es verstecken sollte. »Aber Bienchen, Bienchen!« Und er brachte Mrs. Bilderbachs Stopfkorb und zeigte ihr, wie es gestopft werden mußte – und nicht einfach zu einem dicken Knoten zusammengezogen werden durfte.

Und dann damals, als das Abgangsexamen von der Junior High School gefeiert wurde.

»Was ziehst du an?« hatte Mrs. Bilderbach am Sonntagmorgen beim Frühstück gefragt, nachdem sie ihnen geschildert hatte, wie sie den Einmarsch in die Aula geübt hätten.

»Ein Abendkleid, das meine Kusine voriges Jahr getragen hat.«

»Oh, Bienchen!« sagte er, schwenkte die warme Kaffeetasse in seinen schweren Händen und blickte sie mit lachenden, zwinkernden Augen an. »Wolln wir wetten, daß ich genau weiß, was Bienchen tragen möchte?«

Und davon ließ er sich nicht abbringen. Er wollte es ihr nicht glauben, als sie erklärte, daß sie sich wahrhaftig gar nichts daraus machte.

»So etwa, Anna«, sagte er, warf seine Serviette auf den Tisch und trippelte durchs Zimmer, schaukelte mit den Hüften und schlug schmachtend die Lider hinter der Hornbrille auf.

Am folgenden Samstagnachmittag nahm er sie nach dem Unterricht mit in die Stadt, in ein Warenhaus. Seine dicken Finger glätteten die hauchfeinen Schleierstoffe und die knisternden Taftseiden, die die Verkäuferinnen von den Rollen abwickelten. Er hielt die Farben an ihr Gesicht, legte den Kopf auf die Seite und wählte Rosa. Auch an die Schuhe dachte er. Am besten gefielen ihm weiße Glacélederpumps. Ihr kamen sie ein bißchen wie Alte-Damen-Schuhe vor, und der Rotkreuzstempel am Spann innen sah so nach Wohltätigkeit aus. Aber eigentlich war es ja ganz einerlei. Als Mrs. Bilderbach mit dem Zuschneiden begann und das Kleid an ihr absteckte, unterbrach er den Unterricht, stellte sich daneben und schlug Rüschen am Ausschnitt und auf den Hüften vor und auf der Schulter eine Stoffrosette. Damals ging es mit ihrer Musik gut voran. Kleider und Schulbeginn und so weiter machten da keinen Unterschied aus.

Im Grunde hatte es alles nicht viel zu bedeuten, wenn sie nur so spielte, wie gespielt werden mußte, und das Etwas aus sich herausholte, das in ihr stecken mußte, und übte und übte und spielte, damit Mr. Bilderbachs Gesicht etwas weniger gespannt aussah. Wenn sie nur das Etwas in ihr Spiel legen konnte, das Myra Hess hatte, und das Yehudi Menuhin hatte – ja, sogar Heime hatte es!

Was für eine Umwandlung hatte vor vier Monaten in ihr begonnen? Die Töne fingen an, glatt und leblos herauszuspringen. Adoleszenz, dachte sie. Manche Kinder spielten vielversprechend – und arbeiteten und arbeiteten, bis – wie bei ihr – die geringste Kleinigkeit sie zum Weinen brachte. Erschöpft von allem Bemühen, das Etwas richtig herauszuholen, das sie erstrebten, begann ihnen etwas Seltsames zu widerfahren. Aber nicht ihr! Sie war wie Heime. Sie mußte so sein. Sie ...

Einst war es ja bestimmt dagewesen. Und man konnte doch solch ein Etwas nicht einfach verlieren. Ein Wunderkind, ein Wunderkind. Von ihr hatte er es gesagt, hatte die Worte in seinem überzeugten, tiefen Deutsch hervorrollen lassen. Und in den Träumen sogar noch tiefer; überzeugter denn je. Das drohende Gesicht ihr zugewandt, die schmachtenden Sätze der Musik vermischt mit dem summenden, kreiselnden Rundherum, Rundherum ... Ein Wunderkind. Ein Wunderkind ...

Heute nachmittag begleitete Mr. Bilderbach jedoch Mr. Lafkowitz nicht bis an die Haustür, wie er es sonst tat. Er blieb am Flügel und drückte leise eine einzelne Taste nieder. Frances hörte hin und sah dem Geiger zu, wie er sich den Schal um den blassen Hals band.

»Ein gutes Bild von Heime«, sagte sie und raffte ihre Noten zusammen. »Ich habe vor ein paar Monaten einen Brief von ihm bekommen; er schreibt, daß er Schnabel und Huberman gehört habe, und erzählt von der Carnegie Hall und von den Sachen, die sie im Russischen Tea-Room gegessen haben.«

Um den Augenblick, da sie ins Studio gehen mußte, noch etwas hinauszuzögern, wartete sie, bis Mr. Lafkowitz zum Gehen bereit war, und dann stellte sie sich hinter ihn, als er die Tür aufmachte. Die eisige Kälte drang von draußen herein. Es war schon spät, und durch die Luft sickerte das blasse Gelb der Winterdämmerung. Als die Tür sich in den Angeln drehte und schloß, erschien das Haus dunkler und schweigsamer, als sie es je erlebt hatte.

Als sie ins Studio ging, erhob sich Mr. Bilderbach vom Flügel und schaute ihr stumm zu, wie sie sich vor den Tasten zurechtsetzte.

»So, Bienchen«, sagte er, »heute nachmittag wollen wir ganz von vorne anfangen. Von ganz unten an. Wollen die letzten paar Monate vergessen!«

Er sah aus, als versuchte er eine Rolle in einem

Film zu spielen. Sein schwerer Körper wippte von den Zehen auf den Absatz, er rieb sich die Hände, und er lächelte sogar auf eine befriedigte Filmschauspielerart. Dann plötzlich ließ er diese Manier schroff von sich abfallen. Seine schweren Schultern baumelten schlaff, und er begann den Notenstoß durchzublättern, den sie mitgebracht hatte. »Bach – nein, noch nicht«, murmelte er. »Beethoven? Ja. Die Sonate mit den Variationen. Opus 26.«

Die Tasten des Flügels schlossen sie ein: steif und weiß und leichenhaft.

»Warte einen Augenblick«, sagte er. Er stand in der Biegung des Flügels, hatte die Ellbogen aufgestützt und blickte sie an. »Heute erwarte ich etwas von dir. Die Sonate hier – ist die erste Beethoven-Sonate, die du bei mir durchgearbeitet hast. In ihrer technischen Ausführung ist jede Note unter Kontrolle, und du mußt nur um das Musikalische ringen. Jetzt nur um das Musikalische. Das ist alles, woran du denken sollst.«

Raschelnd schlug er die Seiten in ihrem Band um, bis er die Sonate gefunden hatte. Dann zog er seinen Stuhl halbwegs ins Zimmer hinein, drehte ihn um und setzte sich rittlings darauf.

Sie wußte, daß es, wenn er diese Stellung einnahm, aus irgendeinem Grunde stets einen guten Einfluß auf ihr Spiel gehabt hatte. Doch heute spürte sie, daß sie ihn mit dem äußersten Augenwinkel wahrnehmen und sich stören lassen würde. Den Rücken hatte er steif nach hinten gelegt, seine Beine schienen voll nervöser Spannung. Der schwere Notenband vor seinem Gesicht schien gefährlich auf der Stuhllehne zu balancieren. »Jetzt fangen wir an«, sagte er und sandte ihr einen gebieterischen Blick zu.

Ihre Handflächen wölbten sich über den Tasten und sanken dann hinein. Die ersten Töne waren zu laut, die andern Takte klappten trokken nach.

Er hob die Hand von den Noten und gebot Einhalt. »Warte! Überlege dir eine Minute, was du spielst! Wie ist der Anfang bezeichnet?«

»Mit *An-andante!*«

»Gut! Dann mußt du es auch nicht zu einem *Adagio* verlangsamen! Und greife tief in die Tasten hinein! Hasche nicht so oberflächlich danach! Ein anmutiges, volltönendes *Andante* ...«

Sie versuchte es wieder. Ihre Hände schienen abgetrennt von der Musik, die in ihr war.

»Sag mal«, unterbrach er sie, »welche von diesen Variationen beherrscht das Ganze?«

»Der Trauermarsch«, erwiderte sie.

»Dann bereite ihn vor. Es ist ein *Andante* – aber es ist keine Salonmusik, wie du sie eben gespielt hast. Fange sanft an, *piano*, und lasse es erst kurz vor dem *Arpeggio* anschwellen. Spiele es warm und dramatisch. Und hier unten, wo es mit *dolce* bezeichnet ist, laß die Gegenstimme hervortreten. Das weißt du ja alles. Wir haben das alles schon durchgesprochen. Spiele es jetzt. Empfinde es so, wie Beethoven es niedergeschrieben hat. Fühle die Trauer und die Zurückhaltung.«

Sie mußte unablässig auf seine Hände schielen. Sie schienen nur flüchtig auf den Noten zu ruhen, bereit, hochzufliegen und Halt zu gebieten, sobald sie beginnen würde: aufblitzend das Funkeln seines Ringes, das ihr Halt gebot. »Mr. Bilderbach ... wenn ich vielleicht ... wenn Sie mir erlauben würden, die erste Variation ohne Unterbrechung zu spielen, könnte ich's vielleicht machen.«

»Ich werde dich nicht unterbrechen.«

Ihr bleiches Gesicht neigte sich zu tief auf die Tasten. Sie spielte den ersten Teil hintereinander und begann auf sein Kopfnicken hin den zweiten. Es kamen keine Fehler vor, die ihr Ohr beleidigt hätten, doch die Takte nahmen unter ihren Fingern Gestalt an, ohne daß sie ihnen den Ausdruck verleihen konnte, den sie im Innersten empfand.

Als sie geendet hatte, blickte er von den Noten auf und begann mit schwermütiger Offenheit zu sprechen: »Die harmonischen Verzierungen in der rechten Hand habe ich kaum gehört. Und außerdem sollte dieser Teil an Intensität zunehmen und die Vorahnungen ausbauen, die für den zweiten Teil charakteristisch sind. Aber spiele jetzt weiter!«

Sie wollte den nächsten Satz mit verhaltener Auflehnung beginnen lassen und allmählich zu einem tiefen, wachsenden Kummer vorrücken. Ihr Gefühl sagte ihr das. Doch ihre Finger schienen wie schlaffe Makkaroni an den Tasten zu kleben, und sie konnte sich das Stück nicht mehr so vorstellen, wie es gemeint war.

Als der letzte Ton verklungen war, schloß er das Notenheft und erhob sich energisch vom Stuhl. Er bewegte den Unterkiefer von einer Seite auf die andere, und zwischen seinen offenen Lippen konnte sie die rosige, gesunde Gasse zu seiner Kehle und zu den starken rauchgelben Zähnen erblicken. Er legte den Beethoven behutsam auf ihre übrigen Noten und stützte seine Ellbogen wieder auf die glatte schwarze Fläche des Flügels. »Nein«, sagte er einfach und blickte sie an.

Ihr Mund begann zu zittern. »Ich kann's nicht ändern. Ich ...«

Plötzlich verzog er seine Lippen zu einem Lächeln. »Hör mal, Bienchen«, begann er mit einer neuen, forcierten Stimme. »Du spielst doch immer noch den *Fröhlichen Hufschmied*, nicht wahr? Ich sagte dir, du möchtest es nicht aus deinem Repertoire streichen.«

»Ja«, sagte sie. »Ich übe es hin und wieder.«

Er sprach jetzt mit der Stimme, die er Kindern gegenüber anwandte. »Es gehörte zu den ersten Stücken, die wir zusammen durchgearbeitet haben, weißt du noch? So kräftig hast du es immer gespielt – richtig wie die Tochter eines Schmieds. Sieh mal, Bienchen, ich kenne dich so gut – als ob du meine eigene Tochter wärst. Ich weiß, was du hast ... Ich habe dich so viele Stücke wunderschön spielen hören. Immer hast du ...«

Er brach verwirrt ab und inhalierte den Rauch aus dem zerquetschten Zigarettenstummel. Der Rauch schlich träge aus seinen rosigen Lippen und legte sich als grauer Nebel um ihr offenes Haar und die kindliche Stirn.

»Laß es glücklich und schlicht klingen«, sagte er, schaltete hinter ihr die Lampe an und trat vom Flügel fort.

Einen Augenblick stand er innerhalb des hellen Kreises, den das Licht bildete. Dann kauerte er sich impulsiv auf den Fußboden. »Kraftvoll«, sagte er.

Sie konnte nicht aufhören, ihn anzublicken, wie er da auf dem einen Absatz saß und den andern Fuß wegen des Gleichgewichts quer davorgelegt hatte; die Muskeln seiner starken

Oberschenkel strammten sich unter dem Tuch der Hose, der Rücken war gerade, die Ellbogen waren fest auf die Knie gestemmt. »Also schlicht«, wiederholte er mit einer Geste seiner fleischigen Hände. »Denke an den Schmied – wie er den ganzen Tag draußen im Sonnenschein arbeitet. Mühelos und unbekümmert arbeitet.«

Sie konnte nicht auf die Tasten blicken. Das Licht schimmerte auf den Härchen seines Handrückens und ließ die Gläser seiner Brille glitzern.

»Alles!« sagte er. »Jetzt!«

Es war ihr zumute, als sei das Mark ihrer Knochen ausgehöhlt und als sei kein Blut mehr in ihren Adern. Ihr Herz, das den ganzen Nachmittag gegen ihre Brust gehämmert hatte, schien ihr plötzlich wie tot. Sie sah es grau und schlaff und an den Rändern eingeschrumpft wie eine Auster.

Sein Gesicht schien vor ihr in den freien Raum hinauszuzittern und mit der bedrohlichen Bewegung der Adern an seinen Schläfen auf sie zuzukommen. Ausweichend blickte sie auf die Tasten. Ihre Lippen bebten wie Gallert, und ein Quell lautloser Tränen ließ die weißen Tasten zu einer wässerigen Linie verschwimmen. »Ich kann nicht«, flüsterte sie. »Ich weiß nicht, warum, aber ich kann einfach nicht, kann einfach nicht mehr.«

Sein angespannter Körper sackte zusammen; er stützte sich seitlich mit der Hand auf und rappelte sich hoch. Sie packte ihre Noten und eilte an ihm vorbei.

Ihr Mantel. Ihre Fäustlinge und die Galoschen. Die Schulbücher und die Notentasche, die er ihr zum Geburtstag geschenkt hatte. Alles, was ihr gehörte in diesem stillen Zimmer. Rasch – ehe er etwas sagen mußte.

Als sie über den Vorflur ging, sah sie, ohne es zu wollen, seine Hände: er hielt sie vom Körper weg, der entspannt und zwecklos gegen die Studiotür lehnte. Die Tür fiel fest ins Schloß. Sie schleppte ihre Bücher und die Notentasche und stolperte die Steintreppe hinunter, wandte sich der verkehrten Richtung zu und hastete die Straße entlang, die wie ein Wirrwarr an Lärm und Fahrrädern und Spielen andrer Kinder auf sie einstürmte.

Der Marsch

Ausgelöst wurde der Marsch durch das Bombenattentat auf die Zion-Kirche in Hilton, doch war dem Anschlag schon eine starke Erregung in der Stadt voraufgegangen. Die Kirche war die Zielscheibe, denn die Geistlichen, sowohl weiße wie schwarze, waren übereingekommen, dort über die Armut und Rückständigkeit Hiltons zu sprechen. Natürlich drehte es sich vor allem um die Bürgerrechte. In Hilton galt ein Gesetz, und es war mächtiger als das Kongreß-Gesetz: daß nämlich die weißen Südstaatler und die Neger sich unter keinen Umständen auf gesellschaftlicher Ebene begegnen dürften. Hilton wollte seine Probleme selbst regeln, wie es das seit über hundert Jahren getan hatte.

Irgendwann an einem Mittwochmorgen wurde eine Zeitbombe in der Kirche versteckt. Sie explodierte um zwei Uhr nachmittags während der Probe für eine Trauung. Der zukünftige Ehemann wurde getötet: das Blut schoß mit leuchtend roten Spritzern aus seinem Körper. Der Pfarrer trug eine leichtere Verwundung davon. Die Braut wurde nicht verletzt, doch beim Knall der Explosion und beim Anblick ihres Bräutigams, der auf eine solche Art vor ihren Augen getötet wurde, fiel sie vor Schreck in Ohnmacht, und zuerst glaubte man, daß auch sie tot sei. Nachdem sie ins Krankenhaus überführt worden war, konnte sie zwölf Stunden lang nicht sprechen, aber dann fühlte sie sich verhältnismäßig wohl – das heißt, so wohl, wie man sich eben nach einem derartigen Erlebnis fühlen kann.

Obwohl es eine Negerkirche war, herrschte große Aufregung im Städtchen. Photographen und Reporter von Zeitungen und Fernsehstationen erschienen plötzlich, obwohl keiner von ihnen je zuvor von einer Stadt Hilton gehört hatte. Die Kirchenältesten und andere verantwortliche Männer des öffentlichen Lebens, Neger und auch Weiße, entschieden sich sofort für einen Protestmarsch, der in Hilton beginnen und nach Atlanta, der etwa hundert Meilen entfernten Hauptstadt des Staates, führen sollte.

In jenem Sommer hatte ein gewisser Jim Gray in Stillwater, einem Dörfchen zwei Meilen außerhalb Hiltons, viel über Protestmärsche und Sitzstreiks und freiwillige Haft nachgedacht und wartete nur auf eine Gelegenheit, um an einer Demonstration für die Bürgerrechte teilzunehmen. Bei der Elf-Uhr-Fernsehsendung sah er die zerstörte Kirche und beschloß, nicht länger zu warten. Wie es hieß, sollte der Marsch am nächsten Morgen beginnen. Deshalb nahm die Familie Gray an jenem Morgen in dem kleinen Südstaatendorf Stillwater schon zu zeitiger Stunde ein überstürztes Frühstück ein, weil

James Gray, der siebzehnjährige Sohn, sich am Marsch beteiligen wollte. Die Grays, wohlhabende Weiße, sahen sich einer Zeit voller Verwirrung, Bitterkeit und Zwietracht wegen der Bürgerrechte preisgegeben, und nun ging James, der Mittelpunkt aller Wirrnis und Unruhe, von ihnen fort – ins Unbekannte. Lärmende Worte wie ›Gleichberechtigung für die Neger‹, ›Wählereintragung‹, ›Aufhebung der Rassenschranke‹ und sogar das häßliche Wort ›Rassenmischung‹ verstummten jetzt, da die Stunde gekommen war.

Das Heim der Grays war ein behagliches viktorianisches Haus, das der Familie seit ungefähr hundert Jahren gehörte. Nun bekam James in letzter Minute Ratschläge und Gegenratschläge zu hören. Konnte er nicht bei seiner alten Tante Helen vorsprechen, die in Winton wohnte, also eigentlich in nächster Nachbarschaft von Atlanta? Sie liebte James so und hatte jedermann erzählt, er sei ihr einziger Erbe.

»Nein«, erklärte James entschieden. »Verwandtschaftsbesuche gibt es nicht!« Er setzte stolz hinzu: »Ich bin von jetzt an Teil eines Ganzen.«

Sein Vater sagte: »Wie du weißt, James, halte ich im allgemeinen nichts von Bürgerrechten. Doch nach dieser Greueltat ... Auch wenn es eine Kirche für die Farbigen war, so war es doch Privateigentum, und das Recht auf Privateigentum bildet die Grundlage der Vereinigten Staaten. – Wenn sie nur nicht ein so verdammtes Wagnis wären, all diese Märsche!«

Der Großvater sagte: »Die Geschichte lehrt uns, daß die Menschen, wenn sie unzufrieden waren, immer auf die Straße gingen. Denkt doch an die Amerikanische Revolution, an die Französische Revolution, an die Russische Revolution . . .«

Aber noch während er sprach, haschte der ältere James Gray nach seines Sohnes Hand und drückte sie kräftig, verzweifelt kräftig. »Viel Glück, Jim! Mein Jimmy-Boy!«

Kathleen Gray hörte es dankbar mit an, denn in den letzten paar Monaten hatte das Verhältnis zwischen Vater und Sohn unglücklicherweise unter einer Trübung gelitten. Danach hatten sie einander etwas förmlich ›James‹ und »Vater« genannt.

»Danke, Dad! Es wird schon gut gehen!« Und zu den andern sagte er: »Macht euch keine unnötigen Sorgen, Leutchen!«

Der Großvater, der seine Mahlzeiten meistens im Bett einnahm, frühstückte diesmal mit der Familie zusammen – allerdings hatte er seinen Bratapfel, den er sonst so gerne aß, noch nicht angerührt. Vor Schmerz und Sorge saß er aufrecht und steif da und sprach mit der hohen Fistelstimme eines alten Mannes von siebenundachtzig Jahren:

»Denk aber immer an eins, James: wenn dir auf dem Marsch etwas zustößt, stürzt es deine Eltern in einen Kummer, von dem sie sich nie, nie erholen werden, ganz zu schweigen von mir. Diese Märsche sind immer gefährlich. Das ist alles, was ich darüber zu sagen habe.«

»Ich weiß, Grandpa!« Jim erhob sich vom Tisch. »Jetzt muß ich aber wirklich gehen!«

Seine Schwester Caroline reichte ihm einen Rucksack. Vor Nervosität und Eile fragte er ungeduldig: »Was ist denn das?«

»Bloß dein Lunch und ein paar Sachen, die dir vielleicht sehr gelegen kommen.«

»Nimm ihn!« sagte seine Mutter. »Caroline hat ihn selber gepackt, und bestimmt sind lauter nützliche Sachen drin. Und hier ist noch dein Schlafsack«, schloß sie.

Schnell, schnell! Rasch, rasch! Das Herz hämmerte ihm in der Brust. Dann endlich, endlich, nach der letzten Abschiedsumarmung, rannte er aus dem Haus, um den Sieben-Uhr-Bus zu erreichen, der ihn nach Hilton bringen sollte. Vielleicht sogar zu Ruhm und Ehre, dachte er, und die Brust wurde ihm weit.

Sobald er im Bus war, schien alles anders – alltäglich und doch anders. Er konnte keinen

Menschen entdecken, der wie ein Freiheitsmarschierer aussah. Er nahm auf einem der hinteren Sitze Platz und stellte seinen Rucksack neben sich. Aus wer weiß welchem Grund hatte er erwartet, daß etwas Wunderbares geschehen würde, sobald er sein Elternhaus verlassen hätte, doch nun waren bloß die üblichen Leute in einem gewöhnlichen Bus da. Niemand hatte etwas von dem Zauber und der unerwiesenen Tapferkeit eines Freiheitsmarschierers an sich.

Der Tag war wolkenlos, und die Luft, die durch die offenen Busfenster hereinströmte, war frisch und rein. An der nächsten Haltestelle stieg ein junger Farbiger ein (rasch verbesserte Jim das dumme Onkel-Tom-Wort und dachte ›Neger‹). Er war ungefähr ebenso alt wie Jim, torkelte durch den schaukelnden Bus und blickte jeden Fahrgast aufmerksam an, bis er schwankend auf den Platz neben Jim zusteuerte. Er stolperte über Jim, weil der Bus wieder schaukelte, entschuldigte sich aber nicht. Er saß einfach steif und zurückhaltend da und hielt die Papiertüte auf seinem Schoß fest. Dann blickte er keck auf Jim und seinen Rucksack.

»Haben Sie's weit?« fragte er schließlich.

»Yep«, antwortete Jim kurz.

Sie sahen einander an. Jim Gray war groß für sein Alter. Seine Haare waren blond. Früher hatte er sich wegen seiner Nase gegrämt – es war eine Stupsnase –, doch in den letzten paar Monaten hatte er sich wegen seines Äußeren keine Gedanken mehr gemacht. Er hatte ausdrucksvolle graue Augen, und er war sehr sauber. Er hatte sich so gekleidet, wie seiner Vorstellung nach ein Freiheitsmarschierer gekleidet sein mußte: in Blue Jeans, ein kariertes Hemd, Turnschuhe und weiße Sportsocken.

Der andere Junge hatte eine sehr dunkle Haut und Haare, die erst kürzlich geschnitten worden waren; in seinen Augen lag ein Ausdruck von Stolz und Eifer, aber auch von Furcht. Auch er trug Niethosen und ein sauberes Hemd, und aus seiner Tasche hing ein sauberes Taschentuch.

»Ich hab's auch weit. Will nach Atlanta!«

»Ich auch«, erwiderte Jim unwillkürlich.

Der andere Junge öffnete seine Tüte, und Jim sah einen Mischmasch aus Maisbrot und draufgedrücktem Schweinerücken. Der Junge zog es hervor und verschlang es. Dann stieß er mit dem Finger gegen Jims Rucksack.

»Was ist da drin?«

»Ich weiß nicht. Hab ihn noch nicht aufgemacht!«

»Woll'n mal aufmachen!«

»Erst, wenn's mir paßt!« erwiderte Jim.

Doch der Junge hatte schon beide Hände auf dem Rucksack und öffnete ihn.

»Halt, du . . .!« rief Jim. »Das ist meiner!«

»Dann mach doch auf!« sagte der Junge.

Obwohl er fand, daß er gegen seine Grundsätze handelte, öffnete Jim den Rucksack und sah unter andern Dingen seinen Lunch, seine Zahnbürste und Zahnpasta und mehrere Briefe.

›Briefe!‹ dachte er. ›Teufel nochmal!‹

Die Briefumschläge waren an seine Mutter in Stillwater adressiert. Neugierig öffnete er den obersten. Er enthielt nur einen Zettel, auf dem stand: »Liebster Jim, ich weiß, daß du auf dem Marsch nicht schreiben kannst, darum schicke mir einfach ein Blatt oder ein Farnkraut oder sonst etwas, was du an der Landstraße siehst, damit ich weiß, es geht dir gut. Es kommt dir vielleicht töricht vor, aber ich muß von dir hören – schicke mir also einfach diese kleinen Lebenszeichen von unterwegs und wirf sie in einen Briefkasten, sooft du kannst. Deine dich liebende Mutter.« – Alle andern Umschläge waren ebenfalls an sie adressiert und vorbereitet.

Jims Schlafsack erregte die Aufmerksamkeit des andern Jungen.

»Was ist das?«

Jim erklärte es ihm.

Der Junge bohrte seinen Finger hinein.

»Schaumgummi«, erklärte Jim.

»Praktisch für auf der Erde zu schlafen!«

»Hast du denn schon mal auf der Erde geschlafen?« fragte Jim, und plötzlich ahnte er Furchtbares.

»Nein, aber bald! Bin Freiheitsmarschierer!«

Für Jim war es ein Schock. Dieser neugierige, naseweise, gefräßige Junge sollte ein Freiheitsmarschierer sein? Doch er entgegnete höflich: »Ich auch.« Sie reichten sich die Hand.

»Ich heiße Jim Gray.«

»Ich heiß Odum Wilson. – Wieviel gehn in den Sack rein?«

»Einer!« antwortete Jim sehr laut und entschieden.

Nach einer Weile sagte Odum: »Ich hab Durst. Wo gibt's hier Wasser im Bus?«

»Geh zum Fahrer und bitte ihn, dich an der nächsten Tankstelle aussteigen zu lassen!«

»Der? Mit dem sprech ich nich!«

Jim stieß ihn nach vorn und bat den Fahrer, Odum aussteigen zu lassen. Während sie auf ihn warteten, setzte sich Jim auf einen der vorderen Sitze, und als Odum zurückkehrte, setzte er sich neben Jim.

Der Fahrer drehte sich um und rief: »Nigger sitzen hinten!«

»Bin kein Nigger – bin Freiheitsmarschierer«, entgegnete Odum.

»Noch ein Wort, und ich schmeiß dich raus!«

Jim mischte sich ein: »Sie haben wohl noch nichts vom Bundesgesetz gehört? Die Neger dürfen auf jedem Platz in jedem öffentlichen Fahrzeug sitzen.«

»Hier bei uns gibt's solche Gesetze nicht. Ich schmeiß euch beide raus!«

»Dann verlieren Sie Ihren Posten!« sagte Jim. Er hatte noch nie mit einem öffentlichen Angestellten gestritten, und seine Stimme zitterte ein wenig, aber er war stolz auf sich.

Odum blickte ihn mit neuem Respekt an.

»Wir haben vollen Anspruch darauf«, erklärte Jim dem Fahrer, »hier auf dem Vordersitz zu sein, und hier bleiben wir auch, ob es Ihnen paßt oder nicht.«

»Da bleibt ihr nicht mehr lange«, entgegnete der Fahrer. »In zehn Minuten sind wir in Hilton.«

Jim erwiderte nur: »Halten Sie an der Zion-Kirche!«

Als der Bus bei der Kirche hielt, musterte Jim voller Interesse die davor versammelte kleine Schar. Jeder schien ihm ein geliebter Mensch zu sein, einfach, weil er da war. Das also waren die Freiheitsmarschierer!

Da war Miss Rosa Culpepper, seine Englischlehrerin von der Höheren Schule, die immer so gern sagte: »Man muß den Stier bei den Hörnern packen!« Sie war ein stadtbekanntes Original und setzte die Studenten oft in Erstaunen, weil sie ihnen Aufsätze mit einem ganz beliebigen Thema zu schreiben aufgab.

»Ganz beliebig?« fragten sie.

»Ja, irgendein verflixt beliebiges Thema, wenn ich so sagen darf!«

Miss Rosa hatte viele Jahre mit Miss Minerva Wilcox zusammengelebt. Miss Minerva war Lehrerin für höhere Mathematik, und sie hatten eine gemeinsame Wohnung, die wegen der schönen antiken Möbel von ihren beiderseitigen Familien berühmt war. Miss Minerva litt häufig an Migräne, und schließlich hatte Miss Rosa ihr vorgeschlagen, sie solle es doch einmal mit einem Psychiater in Atlanta versuchen. Dadurch hatte sie Miss Minervas Gefühle aufs tiefste verletzt: sie glaubte, daß die Freundin ihre Kopfschmerzen nicht nur unterschätzte, sondern sie vielleicht gar für neurotisch hielt.

»Was, zu einem Psychiater?«

Und Minerva war Hals über Kopf ausgezogen und hatte all ihre eigenen Möbel mitgenommen.

Jim glühte von kameradschaftlichen Gefühlen und gesellte sich zu den andern. Sie begrüßten sich besonders herzlich, obwohl sich die meisten gar nicht kannten. Dann sah er Janet Batson, eine Nichte von Miss Rosa Culpepper.

Er und Janet waren seit der achten Klasse immer Schulkameraden gewesen, und im letzten Winter hatte sich Jim zu seiner eigenen stillen Verwunderung in Janet verliebt. Lange hatte sie so getan, als merke sie es nicht, aber in der letzten Zeit schien sie seine Blicke zu erwidern.

Erst nachdem Jim alle Anwesenden gemustert hatte, blickte er auf die zerstörte Kirche.

Das Blut vom tödlich verwundeten Bräutigam war weggescheuert worden. Eine Frau reinigte gerade den verwüsteten Innenraum der Kirche. Alle Fenster waren zersplittert; von dem bunten Glasfenster mit dem dornengekrönten Christus war nur noch die obere Hälfte vorhanden. Das Fenster war der besondere Stolz und die Freude der Zion-Baptistengemeinde gewesen.

Um acht Uhr hob die Kirchenglocke mit düsterem Klang zu schlagen an, und der Marsch begann. Die Manifestanten gingen in Viererreihen durch die Hauptstraße von Hilton, die ein Teilstück der Route 15 nach Atlanta bildete.

Der Reverend George Thompson, Pastor der Episkopalkirche, der Reverend Berrel Miller, Pastor der zerstörten Kirche, Doktor Harry Farrell, einer der Hiltoner Ärzte, und Miss Rosa Culpepper marschierten an der Spitze des Zuges. Die andern schlossen sich ihnen an.

Jim marschierte neben Janet. Auf der andern

Seite, ganz dicht neben ihm, marschierte Odum Wilson. Sie bildeten die zweite Reihe, und Jim fragte: »Wieviel Meilen sollen wir täglich zurücklegen?«

»Rund fünfunddreißig Meilen«, antwortete Miss Rosa, doch Reverend Miller sagte: »Zwanzig werden's im Höchstfalle sein, stelle ich mir vor.«

Sie marschierten natürlich alle für die gleiche Sache, doch jeder von ihnen hatte seine eigenen Gründe. Jim hörte, wie sich ein Mädchen hinter ihm bei Odum erkundigte: »Wie hast du weggekonnt?«

»Ma hat mich verhauen – aber ich bin ihr ausgewitscht!«

Janets Familie hatte sich furchtbar angestellt. Sie erzählte Jim einiges darüber. Daß sie überhaupt dabei war, hatte sie natürlich Miss Rosa zu verdanken. Miss Rosa hatte erklärt, es wäre ein gesundes demokratisches Erlebnis für Janet, die – ihrer Ansicht nach – ein zu wohlbehütetes Leben geführt hätte.

»Und außerdem«, hatte Miss Rosa hinzugefügt, »ist es etwas, das die größte Zustimmung Christi gefunden hätte.«

Fred Batson, Janets Vater, zog jeden Sonntag in der Episkopalkirche die Kollekte ein, doch er blieb ungerührt, ja mehr als das, er ärgerte sich über Tante Rosas Worte.

Miss Rosa hatte beruhigend hinzugesetzt: »Ich bin dabei, und Mr. Thompson ist dabei, und außerdem noch andere Prediger und Stützen der Kirche. Janet geht also nicht ohne Schutz!«

»Schutz von Negerböcken!« platzte Fred Batson heraus.

»Besser als jeder Freund, den sie sich abends in euer Wohnzimmer einlädt! Übrigens ist bestimmt auch Jim Gray dabei, und der wird ganz gewiß drauf achten, daß ihr nichts zustößt!«

Tante Rosa flößte sämtlichen Familienmitgliedern eine ehrfurchtsvolle Scheu ein – ganz besonders Janets Mutter, die sich immer noch ein wenig vor ihrer Schwester fürchtete –, und daher war sie es auch, die meistens die Entscheidungen für die Familie traf. Außerdem war sie reich, denn sie hatte eine kleine Erbschaft sehr vernünftig angelegt. Zweimal jährlich nahm sie Janet zu einem Kleidereinkauf nach Atlanta mit, und sie hatte sich auch erboten, Janet studieren zu lassen. Auf Grund dieser Gesichtspunkte und ihrer eigenen flehentlichen Bitten hatte Janet die Erlaubnis erhalten, sich am Marsch zu beteiligen.

Die erste Stunde war reine Freude und Erleichterung. Doch nach zwei Stunden prallte die Sonne auf sie nieder, als wollte sie ihnen den

Schädel versengen. Sie waren alle müde, und die Füße taten ihnen weh, als Mr. Thompson endlich sagte: »Jetzt wollen wir uns ausruhen!«

Sie setzten sich unter eine dicht belaubte Eiche und fingen an, ihren Lunch zu essen – bis auf Odum, der bereits im Bus alles aufgegessen hatte. Doch als sie ihn mit so hungrigen Blicken herumstehen sahen, gaben ihm die andern von ihrem Lunch ab und dachten: ›Wie lästig!‹

Sie hatten neben einem Bach haltgemacht, und nach einigem Hin und Her, ob das Wasser auch nicht verunreinigt sei, tranken alle davon. Dann gingen die jungen Burschen weiter stromab, zogen sich aus und stürzten sich ins kühle Wasser. Die Mädchen wateten darin herum und tauchten den Kopf ein.

Erfrischt nahmen sie ihren Marsch wieder auf.

Doch am glutheißen Nachmittag empfanden sie die Hitze noch viel stärker. Sie achteten selten auf die Umgebung, obwohl der Wald mit seinem mannigfaltigen Sommergrün wunderschön war. Sie schauten weder nach rechts noch nach links, nur starr geradeaus, und marschierten und marschierten: beim eintönigen Geräusch ihrer lauten Schritte hing jeder seinen eigenen Gedanken nach.

Miss Rosa dachte an Miss Minerva, ihre langjährige Freundin Minerva, die sie jetzt nicht mehr verstehen konnte.

Jim fragte sich, welchen Beruf er wählen sollte: er wollte Arzt oder Rechtsanwalt werden. Doch beide Berufe würden eine schrecklich lange Ausbildungszeit erfordern. Ob Janet auf ihn warten würde? Die Vorstellung von andern Jungen in der Oberstufe verfolgte ihn. Er sah auf Janets Profil und ihren entschlossenen Gesichtsausdruck. Er wollte ihr etwas Zärtliches sagen, etwas Unvergeßliches und unendlich Liebevolles. Doch hier, rings umgeben von den andern Marschierern, konnte er nur besorgt fragen: »Hast du auch bestimmt genug Sonnenbrandöl mitgenommen?«

Sie sah ihn an und sagte leise: »Ja, Jim, und du?«

Ihre Stimme klang ihm wie Musik.

Sie waren bergab gegangen, ohne es zu bemerken.

»Jim Gray!« rief Miss Rosa laut. »Du hast dir doch bei den Pfadfindern die Adler-Auszeichnung verdient?«

Jim hatte eine Gesichtshaut, die leicht die Farbe wechselt, daher wurde er rot, als er antwortete: »Ja, Ma'am.«

»Und Kartenlesen wird da wohl auch gelehrt, hoff ich zu Gott? Wir kommen bald zum Oogulfe-Sumpf, nicht wahr?«

Aber Jim brauchte nicht auf die Landkarte zu schauen. Er wußte, daß etwas weiter voraus der Sumpf lag.

Nach zwanzig Minuten merkten sie, wie sie allmählich in ein grünes Dämmerlicht gerieten. Raubvögel kreisten über ihrem Kopf. Lange Bartflechten hingen von den knorrigen Zweigen nieder, und Schwärme von Moskitos fielen über sie her. Von der feuchten Luft ging ein übler Gestank aus. Jim kramte in seinem Rucksack und fand eine Landkarte. Der Sumpf war mindestens sechs Meilen lang.

»Mir tun die Füße weh«, jammerte Odum. Er war drauf und dran, sich die Schuhe auszuziehen, doch Jim warnte ihn, es zu tun.

»Hier gibt es Klapperschlangen!«

Der Sumpf war sowohl schön als auch tükkisch. Mit seinem Dämmerlicht, seinen Schatten und dem Rufen unheimlicher Sumpfvögel fiel er den Marschierern auf die Nerven. Sie hielten sich alle an die Straßenmitte, und endlich hatten sie den Sumpf hinter sich gebracht. In der Ferne konnten sie ein Vorgebirge der Appalachen-Kette sehen, und bald wanderten sie bergauf. Sogar die Luft war jetzt reiner, und jeder dachte ans Essen.

»In Clairmont wohnt ein Onkel von mir, der hat einen Dorfladen«, erzählte einer.

»Um Himmels willen, an den müssen wir uns

halten!« rief Doktor Farrell und fuhr vergnügt fort: »Achtung! Es ist bald Essenszeit, und einer von uns hat einen Onkel in Clairmont, der ein Lebensmittelgeschäft besitzt!«

Jim blickte auf die Landkarte. Bis Clairmont war es nur noch eine Meile Wegs.

Die Stimmung besserte sich. »Ich bin halb verhungert«, gestand ein Mädchen in den Reihen hinter ihm. »Halb verhungert!«

Die Führer in der vordersten Reihe waren in ein leises Gespräch vertieft. Sie waren vor den Dorfläden gewarnt worden, weil es oft Treffpunkte des Ku Klux Klan waren. Aber da doch einer der Marschierer einen Onkel hatte ... Miss Rosa eilte umher, bis sie den Burschen gefunden hatte, dessen Onkel den Laden besaß.

»Ist Ihr Onkel liberal?«

»Wieso?« fragte der Bursche verblüfft.

»Ich meine, ist er nett?« erklärte sie.

Der Bursche war ein junger Neger, der offensichtlich taub war.

»Ob er nett ist?« wiederholte Miss Rosa noch lauter.

»Klar – wenn er doch mein Onkel ist!«

Daraufhin wurde in den vorderen Reihen nicht weiter überlegt, sondern Jim, die beiden Pfarrer und Doktor Farrell wurden abgesandt, um vorauszugehen und Essen einzukaufen.

Odum und der Bursche, dessen Onkel den Laden besaß, sollten sie begleiten.

All diese Vorsichtsmaßnahmen erwiesen sich als überflüssig. Als Jacob Finney eine Bestellung auf fünfzehn Büchsen Ragout, zwölf Schachteln Keks und Krapfen und dreißig warme Würstchen erhielt, war er geradezu überwältigt, sagte aber nur: »Da muß ich aber mächtig schuften!« Er förderte eine Menge Lebensmittel zutage, einschließlich einiger Konserven, von denen er geglaubt hatte, er würde sie niemals loswerden. So kam es, daß die Marschierer sich beim Abendbrot auch in drei Büchsen roten Kaviar teilten. Miss Rosa und George Thompson aßen das meiste davon, und Jim kostete ihn zum erstenmal in seinem Leben.

»Schmeckt ein bißchen komisch – Kaviar mit Krapfen, nicht wahr?« rief Miss Rosa. »Aber Salzzwieback haben wir leider nicht hier.«

Jim fand das Ragout und das Schweinefleisch mit Bohnen viel schmackhafter: das beste Essen, das er je bekommen hatte.

Am Lagerfeuer war eine lebhafte Unterhaltung über *S.N.C.C.*, *C.O.R.E.* und *Black Power* im Gange. Einer sagte: »Es war nie die Rede von der Vorherrschaft der Weißen – aber wenn man von *Black Power* spricht – herrje! Verzeihen Sie bitte, meine Herren Reverends!«

Jim glaubte alles, was gesagt wurde, doch die Worte schwirrten ihm durch den Kopf, und er konnte sich nur mit Mühe konzentrieren.

»Es ist vielleicht komisch«, meinte Miss Rosa, »aber ich kann es nur so empfinden: ›Handle so an deinem Nächsten, wie du möchtest, daß er an dir handelt.‹ Und ich mache keinen Unterschied zwischen *S.N.C.C.*, *C.O.R.E.* und so weiter!«

George Thompson blickte sie voller Bewunderung an. Sie war seit vielen Jahren ein Pfarrkind seiner Gemeinde, abgesehen von ein paar Jahren Untreue, als sie zur *Christian Science* ging, was aber nicht lange anhielt. Jetzt erkundigte er sich bei ihr nach Miss Minerva, und mit einem Gefühl der Erleichterung berichtete sie ihm, wie sie sich getrennt hatten.

»Unsre langjährige Freundschaft zerriß, und ich weiß nicht, wie ich sie wieder flicken soll! Vielleicht sollte ich es überhaupt nicht versuchen. Aber sie hielt so viele Jahre hindurch. Ist es nicht merkwürdig, Mr. Thompson? Es war ein so unschuldiger Anlaß! Sie wissen ja, daß sie sehr an Migräne litt. Wir versuchten eine Kur nach der andern und Ärzte haufenweise, und da erwähnte ich schließlich, sie solle doch mal zu einem Psychiater in Atlanta gehen. Daraufhin war sie tödlich beleidigt und zog einfach aus – von heut auf morgen!«

George Thompson mußte seine bisherige Einstellung überprüfen. Gerüchte über Rosas und Minervas Beziehung waren seit Jahren in der Stadt herumgeschwirrt. Jetzt war Miss Rosas Gesicht vom Schein des Lagerfeuers rot überhaucht, und George Thompson begriff, daß sie früher sehr schön gewesen sein mußte. Er war ein Witwer, der vor fünf Jahren seine Frau verloren hatte, und ohne eine Frau war die Pfarre leer. Zum erstenmal seit dem Tode seiner Frau erwog er eine zweite Heirat, doch der Gedanke war noch wie verhüllt, er hatte ihn noch nicht in Worte gefaßt.

»Ich finde, Sie haben Miss Minerva einen sehr guten Rat gegeben!«

»Mein Vorschlag war bestimmt ganz unschuldig gemeint!«

Die wiederholte Benutzung des Wortes ›unschuldig‹ fegte plötzlich jeden Gedanken an den Klatsch über Miss Rosa Culpepper und die seltsamen Beschuldigungen beiseite. Es wurde ihm eigentümlich leicht ums Herz.

Am Lagerfeuer wurde gesungen: ›*We shall overcome*‹ und andere Freiheitslieder, und danach: ›*We are climbing Jacob's Ladder*‹ und die großartigen alten Choräle aus altmodischer Zeit – obwohl viele Teilnehmer müde waren und ihre Stimmen schläfrig klangen.

Die Freiheitsmanifestanten hatten ihren ersten Marschtag hinter sich und wollten schlafen.

Dann brach es auf einmal wie ein böser Traum über sie herein. Mehr als ein Dutzend Klan-Leute, alle in ihre weißen Gewänder gekleidet, erschienen auf der Hügelkuppe. Sie standen stumm da und blickten auf die Marschteilnehmer hinab. Dann brüllte ein Klan-Mitglied durch ein Megaphon: »Ihr befindet euch auf feindlichem Boden! Das ist eine Warnung! Ihr seid gewarnt worden!« Während die Klan-Leute stumm dastanden, hallte von den Bergen ringsum deutlich und grausig das Echo: »Eine Warnung! Warnung!« Danach wurden sieben Schüsse ins Dunkel abgefeuert.

Jeder Marschierer glaubte im ersten Augenblick, er sei getroffen worden. Die Klan-Leute in ihren weißen Gewändern drehten sich schweigend um und verschwanden hinter der Hügelkuppe.

Doktor Farrell warf noch mehr Holz aufs Feuer und begann, die erschrockenen Marschierer zu untersuchen. Offenbar war niemand getroffen worden. »Merkwürdiger Sinn für Humor!« sagte Harry Farrell verächtlich.

Odum hielt sich abseits und starrte durchs Dunkel auf die Hügelkuppe, wo die Klan-Leute gestanden hatten. Als Jim auf ihn zutrat, sagte Odum leise: »Diese . . .! Was die sich einbilden, wer sie sind! Und wer *ich* bin!« Er spuckte aus.

»Denkt nicht mehr daran!« sagte Harry Farrell, als die beiden jungen Burschen ans Lagerfeuer zurückkehrten. »Es war nur ein verdammt alberner Streich, den sie uns spielen wollten.« Er bedeckte die Glut. »Jetzt ist es Zeit, auszuruhen und zu schlafen!« ordnete er gelassen an.

Im gleichen Augenblick löste sich für Jim das Problem, das ihn so lange beschäftigt hatte. Während er den Schlafsack auseinanderrollte, wußte er auf einmal, daß er Arzt werden wollte, ein Arzt, der genauso war wie Doktor Farrell. Eine Stimme schreckte ihn aus seiner Träumerei auf: »Jim?« Es war Odum, der dicht neben Jims Matratze lag. »Jim!« wiederholte er, und diesmal klang seine Stimme dringender.

»Ja, Odum?«

»Du mußt mir beibringen, daß ich ebenso sprechen kann wie du!«

Jim lag da, lauschte auf den unheimlichen Schrei einer Waldeule und roch den frischen Duft von Wald und Geißblatt. Dann war auch er eingeschlafen.

Die erste Frage am nächsten Morgen lautete: wo sich waschen? Jim erbot sich, Wasser zu suchen, aber die fehlenden Eimer stellten eine weitere Schwierigkeit dar. Während er noch über die verzwickte Lage nachgrübelte, wurde das Dilemma gelöst: ein Mann erschien im Lager und sagte mit der näselnden Stimme des Bergfarmers: »Sie wollen sicher was zu essen haben und sich waschen? Ich hab einen guten Brunnen, und meine Frau bäckt gerade Weißbrot.«

Es war ein Negerfarmer, der seinem Land einen kärglichen Lebensunterhalt abrang. Die Marschierer folgten ihm begeistert. Er war wie durch ein Wunder bei ihnen aufgetaucht, und nach der Heimsuchung des voraufgegangenen Abends hatten sie ein gutes Omen bitter nötig. Sie waren so durstig, und das Brunnenwasser war ein Labsal für ihre ausgedörrten Kehlen.

Mrs. Black, die Frau des Farmers, stand am Herd, und außer dem Weißbrot hatte sie eine ganze Mahlzeit bereit: Maisgrütze und Schweinerücken und heißen Kaffee.

»Haben Sie gestern abend die Ku-Kluxer gehört?« fragte Reverend Mr. Miller.

»Wir haben sie gesehen und haben die Schüsse gehört und die Augen zugemacht.«

Nach einem guten Frühstück und vielen Dankesworten setzten sie ihren Marsch fort. Die Hügelkuppe war nicht weit entfernt, und weil Sonntag war, hielt Reverend Mr. Miller, als sie oben anlangten, einen kurzen Gottesdienst ab.

»Der Herr hat uns bewahrt vor Schlangen

und bösen Menschen und dem Gifthauch der Sümpfe. Wir preisen Dich, Herr, Du unser Wohltäter und unsre Hoffnung!« Als Abschluß der Predigt sangen sie alle: »*Onward, Christian Soldiers!*«

Sobald sie wieder auf der Landstraße waren, pflückte Jim ein grünes Blatt für seine Mutter und steckte es in einen Briefumschlag. Beim nächsten Halt, einerlei, wo es sein mochte, wollte er den Brief in den Kasten werfen.

Bergab zu wandern ist beinahe ebenso mühsam wie bergauf zu gehen. Zur Linken sahen sie wieder die ersten Vorberge der Appalachen-Kette. In der nächsten Ortschaft trafen sie viele weiße Hetzer, deshalb hielten sie nicht lange nach einem Lebensmittelgeschäft Ausschau. Der Ort wirkte so aufgeregt und bedrohlich, daß sie erst wieder aufatmeten, nachdem sie ihn ein gutes Stück hinter sich gelassen hatten.

Dann stießen sie in einer friedlichen Wiese wiederum auf ein gutes Omen, gerade als sie eine Aufmunterung dringend brauchen konnten. Im eisigen Wasser eines Bergbaches lagen zwanzig Wassermelonen zum Kühlen. Zwar war kein Mensch zu sehen, aber sie wußten, daß es eine freundliche Hilfe bedeutete. Schnell schnitten sie die Melonen in Stücke und verteilten sie. Dann badeten sie ihre Füße im Bach.

Während George Thompson im Wasser watete, dachte er über Wunder nach. Er war kurz nach dem Tode seiner Frau ins Heilige Land gereist, denn er wollte Ephraim aufsuchen, den Ort, wohin sich Jesus vor der Kreuzigung zurückgezogen hatte. Er konnte die Gegend nicht auf der Landkarte finden und war verwirrt, bis ihm einfiel, daß die Ortschaft jetzt wohl einen arabischen Namen hatte. Endlich fand er sie auf einem hohen Hügel in Jerusalem, von wo Jesus bei seiner Meditation ringsum auf das Land hatte blicken können. Das Wunder mit den Wassermelonen hatte ihn an seine Reise und an jenen Hügel erinnert, den er durch Jesu Augen gesehen hatte. Und aus einem bestimmten Grunde mußte er auch an Miss Rosa und den gestrigen Abend mit seinem Graus denken: daß sie kein Wort gesagt hatte und nicht hysterisch wurde, wie man es von einer wohlbehüteten Südstaatendame hätte erwarten können.

Auf sehr ähnliche Art dachte Jim an Janet. Es war doch wirklich wie ein Wunder: Wassermelonen in einem kühlen Bach, und keine Menschenseele weit und breit! Er sagte zu Janet: »Ich habe beschlossen . . .«

»Was denn?«

». . . was ich mit meinem Leben anfangen will«, fuhr Jim fort. »Ich möchte ein Arzt werden. Willst du auf mich warten?«

»Ja, ich will auf dich warten, Jim.«

Ihre Stimme erschütterte ihn. War die Liebe denn auch ein Wunder?

Jim hatte sich immer für einen Atheisten gehalten, wie sein Vater auch einer war. Vor einem Jahr hatte er vor der ganzen Familie seine Ansichten geäußert, hatte gegen Christus gesprochen und war aus der Sonntagsschule ausgetreten. Doch jetzt dachte er an das zersplitterte Christusbild, dessen Dornenkrone in dem matten Rubinrot und Gelb des Kirchenfensters so wunderbar unversehrt geblieben war – und an die Zion-Kirche, wo der Marsch begonnen hatte. Sein Blut war erregt, und das Herz wollte ihm zerspringen. Hatte Janets Stimme diesen Aufruhr verursacht? Oder der kühle Bach? Oder der Kopf Christi? Wie konnte er es je wissen?

Sie kühlten sich noch immer die Füße im Bach, und Jim fragte Janet: »Glaubst du an Gott?«

»Manchmal tue ich's, und manchmal nicht«, sagte sie. »Gerade jetzt tue ich's wohl.«

Er sprach einen Gedanken aus, der ihn in diesem Frühling beunruhigt hatte. »Ich bin überzeugt, daß ausschließliche Liebe ein Unrecht ist. Aber ich kann's nicht ändern, Janet: dir gegenüber empfinde ich doch eine ausschließliche Liebe. Ist das sehr unchristlich?«

»Ich verstehe nicht, was du meinst, Liebling. Für mich ist Liebe einfach Liebe. Da kannst du soviel schmückende Beiwörter anhängen, wie du willst.«

»Kommt jetzt, Kinder!« rief Miss Rosa. »Es wird Zeit, daß wir uns wieder in Bewegung setzen.«

Alle Teilnehmer wußten, daß die Gefahr wuchs, je mehr sie sich Atlanta näherten. Trotzdem hatten sich drei Neue angeschlossen: ein alter Mann und ein junges Mädchen und ihr Verehrer. Sie wollten auch nach Atlanta marschieren. In der nächsten Ortschaft erwartete sie noch mehr Spott und Hohn, daher wagten sie sich wieder nicht in das Lebensmittelgeschäft.

So ein Marsch hat einen eigenartigen Rhythmus – den Rhythmus müder, schurrender Füße, und auch den Rhythmus der Angst. Eine Schläfrigkeit ist es, die beim unvermuteten Erkennen einer Gefahr ein jähes Ende findet. Solche Marschierer gehen wie Nachtwandler weiter, die erwachen, wenn sie plötzlich aufgeschreckt werden.

Sie gingen gen Westen, bergab. Auf einmal versperrte ihnen eine Barrikade aus Stacheldraht den Weg. Sie blieben stehen und warteten, und während sie warteten, begannen sie zu singen:

»Wir sind Soldaten einer Heerschar,
wir müssen kämpfen und sterben,
wir müssen die Fahne der Freiheit
hochhalten,
sie hochhalten bis in den Tod!«

Auf einem Schild an der Barrikade war zu lesen: »Durchgang verboten für Marschierergesindel!«

Ein struppiger Farmer und ein Hilfspolizist standen zu beiden Seiten der Schranke. Jenseits erwartete sie eine höhnende Menge und bewarf sie mit Steinen und Flaschen und Feuerfröschen.

Jim überlegte: ›Woher dieser Haß? Wer sind diese höhnischen Menschen?‹ Er hielt Janets Hand.

Plötzlich sah er, wie jemand ein Gewehr in Anschlag brachte, ein Gewehr mit einem Klümpchen vor der Mündung.

›Mein Gott‹, dachte er im ersten Augenblick, ›wollen sie uns erschießen?‹

Dann spürte er einen seltsamen Schlag und einen stechenden Schmerz in den Augen. Er hielt Janet fest und merkte, wie sie zitterte. Wenn er sie doch hätte in die Arme schließen können! So sagte er nur: »Hab keine Angst! Ich glaube, es ist bloß Tränengas!«

Die Reihen der Marschierer hatten sich inzwischen aufgelöst, denn jeder suchte in reine Luft zu entkommen. Jim wischte Janets Gesicht ab, und Doktor Farrell war eifrig um die andern bemüht. Sie brauchten Wasser, um sich die Augen auszuwaschen, doch es war nirgends Wasser in der Nähe.

Der alte Mann, der sich ihnen zuletzt angeschlossen hatte, schwankte und fiel auf den Straßenrand.

Doktor Farrell ging zu ihm, und obwohl ihm die Augen noch überflossen, holte er sein Stethoskop hervor, um den Herzschlag des alten Mannes abzuhorchen.

»Aufgepaßt!« rief er laut. »Der Mann hier ist tot!«

Die Farmer und Polizisten drängten sich herzu. »Ja«, sagte einer. »Der ist wahrhaftig tot!«

Schweigen senkte sich auf die Marschierer und auf die feindliche Menge. Jeder Teilnehmer hatte Gefahren erwartet, jedoch nicht den Tod. Einer stimmte ein Lied an: »Soll Jesus denn sein Kreuz alleine tragen?«, und die andern fielen ein. Die Mittagssonne brannte auf sie nieder, und der Trauergesang schien zu dem erbarmungslosen Gestirn aufzusteigen.

Ein Sheriff fragte Doktor Farrell: »Wer ist der Mann?«

»Kennt jemand von euch den alten Mann hier?« fragte Doktor Farrell die Marschierer.

Niemand kannte ihn. Er war einfach ein Marschierer, der sich dem Zug erst letzthin angeschlossen hatte, und niemand wußte, wie er hieß. Deshalb wurde er in einen Polizeiwagen gebracht und weggefahren.

Schuldgefühle mischten sich in die Ehrfurcht vor der Namenlosigkeit. Die Menge stand in unsicherem Schweigen da, während die Manifestanten sich wieder in Reihen aufstellten und langsam und stumm – nur noch von Zeit zu Zeit die gereizten Schleimhäute säubernd – jenseits der Barrikade den Marsch fortsetzten.

Sie waren noch so aufgeregt, daß das nächste gute Omen sie völlig überrumpelte. Ihr Marsch hatte sie ins Tal hinuntergeführt, und auf der linken Talseite erhob sich inmitten einer Weide mit grünem Gras, das für die entzündeten Augen kühl und wohltuend war, ein schönes altes Herrenhaus aus der Zeit vor dem Bürgerkrieg.

›Genau wie *Vom Winde verweht*‹, dachte Jim verächtlich. Doch als sie sich dem Hause näherten, rief eine Dame mit sonnengebleichtem Haar und Feldwebelstimme: »Marschierer! Folgt mir alle nach! Ich habe euch erwartet!«

Sie gingen durch eine Pforte in einer gestutzten Buchsbaumhecke und traten in einen schmucken Garten, wo niedriger Buchsbaum die Wege besäumte und wo sie entzückt einen

Buchsbaumstern in einem Kreis blühender Zinnien erblickten. Das Haus hatte korinthische Säulen, und der frische weiße Anstrich glänzte.

»Ich bin Mrs. Lula Jordon, und mein Haus steht zu Ihrer Verfügung«, sagte die Dame. »Wollen Sie bitte eintreten und sich umschauen?«

Die Marschierer blickten scheu in die beiden Salons mit den frisch gestärkten Gardinen und den Damastvorhängen. Im Eßzimmer stand ein herrlicher Duncan-Phyfe-Tisch, den Mrs. Jordon mit verlegener Miene betrachtete.

»Sie sind zu zahlreich, um an dem Tisch da Platz zu finden, einerlei, wieviel Platten ich einlege«, sagte sie. »Am besten ginge es mit den Schragentischen im Hof. Dort gebe ich auch jeden Herbst, im Oktober, wenn die Schweine und Ferkel geschlachtet werden, bei Vollmond ein Barbecue-Essen.«

›Miss Lula‹ war in der ganzen Gegend wegen ihrer Freigebigkeit bekannt. Ein junger Neger, der Sohn eines Knechts auf ihrer Plantage, hatte eines Tages angefangen, auf ihrem Steinway-Flügel zu üben, und da sie seine natürliche Begabung erkannte, ließ sie einen Musiklehrer kommen, der ihm regelmäßig Unterricht gab. Sein Talent nahm noch zu, und als er das erforderliche Alter erreicht hatte, schickte sie ihn nach New York in die Musikschule Juilliard. In den letzten drei Jahren – seit ihres Mannes Tod – hatte sie die Plantage allein bewirtschaftet. Doch die lange Arbeitszeit und das klägliche Leben der Feldarbeiter bedrückte sie, und deshalb hatte sie sich an Stelle der Baumwolle auf Orchideenkultur und Felsgärten spezialisiert. Die Leute kamen meilenweit her, um ihre Blumen anzuschauen und zu kaufen, und der Milchzug brachte tagtäglich Pflanzen nach Atlanta.

Am Abend gab es ein großartiges Nachtessen: frisch gebratene Schweinerippchen, gebratene Hühner, zwei Puten, grünen Salat, Eiscrème und Kuchen und als Abschluß Kaffee.

»Das beste Essen, das ich je bekommen habe!« sagte einer von den Marschierern.

Nach dem Essen setzten sich Miss Lula und Miss Rosa zusammen auf die Veranda. Sie verstanden sich bald so ausgezeichnet, wie es bei Südstaatendamen, die sich sympathisch sind, stets der Fall ist.

Miss Rosa fragte: »Was für einen Mädchennamen haben Sie?« Und das führte natürlich zu Stammbaumgesprächen und zu einer sehr freundlichen Einladung, im Haus zu übernachten.

»Recht herzlichen Dank, aber ich muß es bis

auf ein andermal aufschieben! Ich glaube, es wäre den andern gegenüber nicht fair gehandelt, wenn ich mitten im Marsch aufgebe und mich in ein bequemes Bett lege. Aber Sie dürfen nicht glauben, daß Ihre liebenswürdige Einladung nicht sehr verlockend ist!«

»Also dann ein andermal!« sagte Miss Lula. »Jedenfalls hoffe ich, daß Sie heute nacht alle auf meinem Grundstück kampieren! Ich warne Sie aber: die Leute in der Umgebung sind nicht sehr liberal gesinnt! Vor allem muß ich Sie vor der Stadt Verona warnen!«

»Haben Sie denn keine Bedenken, uns zu beköstigen und auch noch hier kampieren zu lassen?« fragte Miss Rosa.

Miss Lula entgegnete herbe: »Wenn man so alt wurde wie ich, fürchtet man sich vor nichts – besonders, wenn man so allein lebt wie ich!«

Als den Marschierern mitgeteilt wurde, sie dürften auf dem Grundstück kampieren, zündeten sie ihre Lagerfeuer an und lösten sich in kleine Gruppen auf. Die beiden Damen plauderten noch ein Weilchen miteinander, bis Miss Rosa zu müde war, um noch länger zu sprechen. Miss Lula gab ihr einen Gutenachtkuß, und Miss Rosa gesellte sich zu den andern am Lagerfeuer und war froh, daß der zweite Marschtag überstanden war.

Am nächsten Tag hatten sie besonders heftige

Schmerzen: sie waren noch unerträglicher als am zweiten Tag. Miss Minney May Johnson sagte: »Jeder Knochen, den ich im Leibe habe, tut mir weh! Schaff ich's noch bis Atlanta oder nicht?«

Ihre nächste Nachbarin rief ihr zu: »Mund halten, Marschierer!«

»Huh, wie grausam Sie sind. Haben Sie denn keine Schmerzen?«

»Hab nie ein Federbett und Himmelsfutter erwartet, als ich mich für den Marsch entschied!«

Ob sie sich nun beklagten oder nicht: alle waren steif, weil sie auf dem Boden geschlafen hatten. Doch das Hauptübel war die Tatsache, daß sie Atlanta immer näher kamen. Dreißig neue Marschierer schlossen sich ihnen an diesem dritten Tag an, wodurch das Problem der Ernährung noch schwieriger wurde. Einige von den neuen hatten sich Essen mitgebracht, aber Hunger und Durst blieben ein ständiges Problem.

Jim dachte an sein weiches Bett daheim und an die kühlen Leintücher.

Sie kamen an einen Bach, wo sie ihre Füße badeten und sich ausruhten und tranken.

Dann begann wieder das Marschieren, und damit die Schmerzen und die ewige Sonne. Sie kamen durch eine ruhige Ortschaft, in der keine höhnische Menge sie erwartete. Miss Rosa raffte ihren Mut zusammen und forderte Odum und Jim auf, sie zu begleiten. In einem Lebensmittelgeschäft kauften sie Vorräte ein.

»Die sind nicht fanatisch«, sagte sie und freute sich über ihre Einkäufe. Doch vergaß sie nicht, daß die nächste Stadt Verona war, und erinnerte sich an die warnenden Worte Miss Lulas. Sie sprach mit den Anführern darüber, und sie willigten zögernd ein, einen Umweg um das ganze Gebiet zu machen, was sie jedoch viele Stunden zurückbrachte.

Etwa eine Stunde hinter Verona wurde einer von den zuletzt hinzugekommenen Marschierern plötzlich sehr krank. Doktor Farrell faßte mit an, ihn in den Schatten zu tragen, und untersuchte ihn dann mit seinem Stethoskop.

»Gott steh uns bei!« rief er. »Der Junge hat Lungenentzündung! Wo ist das nächste Telephon?«

Jemand erinnerte sich an ein Haus etwas weiter rückwärts, in dem es vielleicht ein Telephon gab. Der Arzt folgte den Anweisungen und fand das ihm beschriebene Haus. Das Ganze wirkte sehr ordentlich, mit einem Staketzaun ringsherum, doch der Weiße, der ihm öffnete, blickte mürrisch drein.

»Könnte ich wohl Ihr Telephon benutzen?«

Die Stimme klang nicht nur mürrisch, sondern gehässig: »Ich gebe mein Telephon nicht für einen verdammten Marschierer her!«

»Ich bin Mitglied der Medizinischen Kommission für Menschenrechte, und an der Landstraße liegt ein Junge mit Lungenentzündung! Ich muß ihn ins Krankenhaus schicken!«

»Sie haben gehört, was ich sagte«, entgegnete der Mann. »Sie und Ihre Marschierer können sich zum Teufel scheren!«

Doktor Farrell zwängte sich an ihm vorbei ins Haus und sah ein altmodisches Telephon. Der Mann verteidigte es, die Hand auf dem Hörer.

»Das Telephon wird nicht für Marschierer hergegeben!«

Doktor Farrell sagte: »Aber mein Patient hat Lungenentzündung!«

»Ist mir egal, was Ihrem Patient fehlt!«

Harry Farrell handelte instinktiv. Noch nie hatte er einen Menschen geschlagen, doch als er das häßliche Gesicht vor sich sah, hieb er ihm plötzlich gegen den Unterkiefer. Der Mann torkelte und fiel und schlug mit dem Kopf auf den Fußboden auf. Rasch verlangte der Doktor die Telephonzentrale und ließ sich mit dem nächsten Krankenhaus verbinden. Es schien endlos lange zu dauern, um nur die Nummer herauszufinden und den Bericht durchzugeben, und als er dann ging, folgten ihm die Blicke des gehässigen, höhnischen Gesichts.

Der Patient atmete schwer, und es schien wie eine Ewigkeit, bis der Krankenwagen endlich kam. Im Krankenhaus klammerte sich der Junge an Doktor Farrells Hand. Sie gaben ihm eine Spritze und legten ihn in ein Sauerstoffzelt. Es dauerte eine Weile, bis sie seinen Namen und seine Adresse herausgefunden hatten, und als alles erledigt war, hatte Doktor Farrell doch noch ein Gefühl, als fehle etwas.

»Ich glaube, er wird durchkommen«, meinte der Arzt im Krankenhaus.

»Bin ich zu krank zum Marschieren?« fragte der Junge.

»Du wirst schnell gesund!« sagte Doktor Farrell. »Die moderne Wundermedizin wird dir helfen. Aber du mußt so lange hierbleiben und dich ausruhen, bis die Ärzte sagen, du darfst heimgehen!«

Als der Junge eingeschlafen war, verließ ihn Harry. Der Marsch hatte sich aufgelöst, und es dauerte einige Zeit, bis sie wieder in Reih und Glied gingen.

»Wieviel Meilen haben wir noch vor uns?« fragte Harry.

»Ich weiß nicht, wieviel Meilen«, antwortete Miss Rosa, »aber zwei Tage sind es noch, und jeder hat wunde Füße! Geht es dem Jungen besser?«

»Bald! Aber dem Fanatiker weiter hinten an

der Straße mußte ich eine runterhauen, um ans Telephon zu gelangen!«

Am Nachmittag war es kochend heiß, wie üblich. Das Hauptproblem bestand jetzt darin, Essen für die Abendmahlzeit zu bekommen. Die Ortschaften, durch die sie kamen, waren angefüllt mit spottenden Menschenmengen, und ein Ladeninhaber spuckte sie an, als sie sein Geschäft betreten wollten. In der nächsten Ortschaft gab es überhaupt kein Lebensmittelgeschäft, und als die Sonne unterging, war es den Marschierern klar, daß sie auf ein Abendbrot verzichten mußten. Dann bogen Jim, Miss Rosa und Mr. Thompson von der Landstraße ab, und bald – wieder ein Wunder – entdeckten sie eine Pfirsichpflanzung mit halbreifen Pfirsichen. Sie stopften sich die Rucksäcke voll und schleppten, soviel sie konnten, zu der Stelle, wo die andern ihre Lagerfeuer gebaut hatten.

»Vielleicht bekommen wir davon Durchfall«, sagte Jim, als er in einen Pfirsich biß.

»Ja, wir sollten sie eigentlich kochen«, sagte der Arzt. »Aber wir haben ja keine Gefäße, in denen wir sie kochen könnten!«

»Geht mal alle auf die Suche«, befahl Miss Rosa, »und schaut, ob ihr leere Büchsen oder irgendwelche Gefäße finden könnt!«

Sie zerstreuten sich in alle Richtungen und

kamen endlich mit mehreren Blechbüchsen zurück. Nicht weit weg fanden sie Wasser und wuschen die Büchsen aus, zerschnitten die Pfirsiche und kochten sie dann über den Lagerfeuern. Wenn das Grüne-Pfirsich-Mahl auch nach Blech schmeckte, so war es doch immerhin etwas Eßbares.

George Thompson sagte: »Ich war einmal im Heiligen Land und suchte all die Orte auf, wo Jesus gegangen war.« Er hatte sich zu Miss Rosa umgedreht und erzählte es ihr, und die Worte ›Heiliges Land‹ und ›Jesus‹ bewegten sie sehr, weil sie vertrauensvoll und gütig zu sein schienen. Sie lächelte ihn an: Miss Rosas Lächeln war zwar selten, konnte aber ihr ganzes Gesicht mit einer stillen Lieblichkeit aufhellen.

»Die Pfirsiche hier erinnerten mich daran«, fuhr er fort. »Dort in Palästina ist alles Essen fett und süß. Es war im gleichen Jahr, in dem meine Frau starb, und ich dachte, ich müßte weit wegfahren. Das Essen hatte allerdings nicht die geringste Ähnlichkeit mit Pariser Kochkünsten, das kann ich Ihnen versichern, mein Kind!«

»Ich wollte schon immer gern ins Heilige Land reisen, aber die Entfernung ist so groß ...«

»O ja! Und alles war so gänzlich anders als das, was ich bisher gesehen hatte. Dort trägt man noch immer die gleiche Kleidung wie zu

Jesu Zeiten. Die Frauen tragen kunstvoll bestickte Gewänder mit Stickereien, die in bunten Streifen bis auf ihre Füße hinunterreichen: das verleiht jedem Straßenbild in Jerusalem einen vielfarbigen Anstrich. Die Kleider und Gürtel der Männer sind noch genauso, wie sie vor zweitausend Jahren waren, wie sie auch leichte Schleier mit dicken schwarzen Stricken auf dem Kopf befestigen, um den Nacken gegen die Sonne zu schützen.«

Miss Rosa sah ihn so aufmerksam an, daß er weitersprach.

»Ich suchte Ephraim, wohin Jesus sich vor der Kreuzigung gewandt hatte, um dort allein zu sein, und ich entdeckte, daß der Name der Gegend jetzt Tayibeh lautete. Es war schwierig, dort hinzugehen, der Weg war schmal und steil, doch als ich endlich oben ankam, begriff ich, weshalb Jesus jene Stelle gewählt hatte. Man kann alles von den höchsten Bergkämmen bis zum tiefsten Punkt im Jordantal sehen. Man kann Jesu Land sehen, das Land, das er so liebte, das Heilige Land.«

»Sie können es so schön beschreiben, George!«

»Lieb von Ihnen, mir das zu sagen, Rosa!«

Es war das erstemal, daß sie einander beim Vornamen nannten, und beide wunderten sich im stillen darüber.

An jenem Abend wurde nur wenig gesungen – die Marschierer waren zu müde und zu hungrig –, und bald legten sich alle schlafen.

Alle – mit Ausnahme von Rosa und George und von Janet und Jim. Rosa und George saßen noch am Feuer und plauderten. Janet und Jim hatten sich von den Feuern abgewandt und waren in den Wald gegangen, und dort küßten sie sich.

»Ich möchte ... ich möchte ...«, flüsterte sie. »Aber Jim, ist es denn recht?«

»Wahrscheinlich nicht«, murmelte er. »Jedenfalls nicht auf einem Protestmarsch.« Er ballte die Fäuste, und sie trennten sich.

Sie kehrten zum Lagerplatz zurück, und Janet schlief neben Miss Rosa, während Jim unruhig neben Odum lag.

Der nächste Tag begann frisch und klar und wolkenlos. Die Sonne verschonte sie noch eine Stunde lang mit ihrer Glut – und dann brannte sie gnadenlos auf sie nieder. Doch jeder hegte den gleichen Gedanken: nur noch ein Tag! Der Rhythmus des Zuges wurde lebhafter. Sie waren hungrig, weil sie am Abend vorher kein Essen bekommen hatten, aber das hinderte sie nicht, schneller zu gehen. Um elf Uhr dann, als die Hitze mörderisch wurde, kam ein Negerfarmer, der zum Gemüsemarkt ziehen wollte, mit seinem müden Maulesel die Straße einhergezockelt. Sein Karren war randvoll mit frischem Gemüse beladen, mit Mais, Tomaten, Broccoli und Erbsen. Miss Rosa, der sie die gemeinsame Kasse anvertraut hatten, zahlte ihm reichlich dafür. Wieder erhob sich das Problem, Kochgefäße herbeizuschaffen, und wieder fanden sie ein paar alte Blechbüchsen und kochten ein vegetarisches Ragout.

»Wir vergeuden hier unsre Zeit«, meinte Mr. Miller.

»Wieso denn?« fuhr ihn Miss Rosa an, denn sie war ausgehungert.

»Wenn ich wieder einmal an einem Protestmarsch oder sonst irgendeinem Marsch teilnehme, weiß ich, was ich mitnehmen muß«, sagte George Thompson. »Eine Schöpfkelle und ein Kochgefäß sind ebenso wichtig wie Zahnbürste und Zahnpasta.«

Miss Rosa und George entfernten sich ein kleines Stückchen vom Lager, und eine gespannte Stille hing zwischen ihnen. Jeder schien etwas sagen zu wollen, aber sie konnten keine Worte finden. Unter einem Baum blieben sie stehen, und schließlich deutete Miss Rosa auf einen Giftpilz, der an seiner Wurzel wuchs.

»Ich konnte noch nie einen Giftpilz von einem eßbaren Pilz unterscheiden«, sagte sie.

»Wenn Sie das nicht können, dann hüten Sie

sich um Gottes willen davor, Pilze zu essen!« Etwas sanfter fuhr George fort: »Aber Sie könnten es von mir lernen!«

Es war ganz klar, daß etwas Unausgesprochenes zwischen ihnen stand, und als das Ragout fertig war, waren beide sowohl enttäuscht als auch erleichtert.

Jeder aß so viel, daß sie sich eine halbe Stunde ausruhen mußten, ehe sie weitergehen konnten. Die müden Füße marschierten im Gleichklang dahin, und die Gesichter blickten starr geradeaus. Sie waren froh, wenn sie ans Ende des Marsches dachten, und fast übermütig – als sich plötzlich wieder eine Barrikade vor ihnen erhob. Wieder standen Polizisten zu beiden Seiten; wieder stimmten die Marschierer ein Lied an. Eine Menschenmenge hatte sich schon angesammelt, und ein junger Bengel brüllte durch ein Megaphon: »Singt, ihr Kanarienvögel! Bald singt ihr 'n andres Lied.« Ein großer, magerer Bursche war es, mit wilden, idiotischen Augen. »Bald blüht euch was!«

»Aber was haben wir denn verbrochen?« fragte Miss Rosa mit ihrer feinsten Lehrerinnenstimme. »Wir marschieren durchaus friedfertig!«

»Niggerfreunde sind hierherum nicht sehr beliebt!«

»Es sind keine Nigger, sondern Marschierer!

Ich würde am liebsten selbst mitgehn, wenn ich mir nicht den Knöchel verstaucht hätte!«

Die Stimme gehörte Mary Hall – Miss Big, wie sie manchmal genannt wurde. Zuerst hatte ihre Mutter den Spitznamen benutzt, weil Mary gesagt hatte, sie wolle eine zweite Marian Anderson werden. Sie sang im Kirchenchor von Flowering Branch und übte für sich allein. Aber weil sie keine Stimme hatte, sondern wie eine Krähe krächzte, mußte sie den Traum bald aufgeben. Trotzdem wollte sie etwas Großes werden! Daher erhielt sie den besten Unterricht und bestand ihr Abgangsexamen an der Höheren Schule. Doch die beste Stelle, die sie dann finden konnte, war in der Konservenfabrik von Flowering Branch – dort wurde sie nicht Miss Big genannt. Aber wenn sie auch jeden Gedanken an Marian Anderson längst aufgegeben hatte und wenn man sie auch nicht mehr Miss Big nannte, hielt sie sich im stillen doch für eine zu etwas Großem ausersehene Frau – für jemand, der es im Leben noch weit bringen würde. Und so war die Bürgerrechtsbewegung ihr neuer Traum geworden, weil er ihr Ruhm verhieß; sie besuchte alle Versammlungen und war auf ihre Art wieder eine Miss Big: als Sekretärin im Büro der Wählereintragung in Flowering Branch. Sie stand um sechs Uhr früh auf und sprach mit den Feldarbeitern, verbrachte ihre Mittagspause mit der Werbung neuer Stimmen und ihre Abende mit Mitgliedern des *C.O.R.E.*

»Halt den Mund, Nigger!« sagte der Sheriff.

»Nennen Sie mich nicht Nigger! Und wenn Sie ihnen den Weg vertreten, gibt's Verdruß!«

»Für wen, du Großmaul?«

Schon wurden Cherry-Bomben geworfen, und Feuerfrösche knatterten durch die heiße Luft. Ein paar Hunde wurden losgelassen, und ein faules Ei traf Mr. Miller an der Schulter. Dann brachen Faustkämpfe aus. Ein Hund biß Odum ins Schienbein, und Odum gab ihm einen Tritt. Der Hund jaulte und griff ihn immer wieder an.

Doktor Farrell riß einem der übelsten Hetzer das Megaphon weg und sagte: »Wir wollen in Frieden marschieren und tun keinem Menschen etwas zuleide! Es ist ein Akt der Gewaltlosigkeit.«

Drei Polizisten umringten ihn und knüppelten ihn nieder; er sank zu Boden.

Inzwischen waren Lastwagen eingetroffen, und die Marschierer wurden ins Gefängnis überführt.

Jim hatte eine schlimme Wunde auf dem Oberschenkel, und im Handgemenge hatte er Janet verloren.

»Janet!« schrie er gellend. »Janet!«

Miss Rosa rief ihm zu: »Ich kann sie nicht finden, Jim!«

Jim leistete also Widerstand, als er auf den Lastwagen verladen werden sollte. Ein Polizist hieb ihm eins über den Kopf. Während sie zum Gefängnis fuhren, kreisten Jims Gedanken einzig um Janet. Was würden sie ihr antun? Warum hatte er sie überhaupt am Marsch teilnehmen lassen?

Im Gefängnis von Flowering Branch beobachtete er, wie Miss Rosa abgeschleppt wurde: bei jedem Schritt widersetzte sie sich steifbeinig. Und dann sah er Janet!

»Janet!« schrie er, und sie wandte ihm ihr Gesicht zu und lächelte.

Berrel Miller war seltsamerweise erleichtert. Er war erleichtert, weil jetzt die *N.A.A.C.P.*, die *S.N.C.C.* und möglicherweise sogar die Nationalgarde zu ihrer Verteidigung aufrücken würden. Jetzt waren sie nicht länger der äußersten Verletzlichkeit ausgesetzt: nach diesem Handgemenge würden sie beschützt werden. Er dachte: ›Ich hätte nie geglaubt, daß ich so gern ins Gefängnis gehen würde!‹

Der Sheriff war ein Mann namens Bull Brown, und als die Marschierer zu singen begannen, brüllte er sie an: »Maul halten! In meinem Gefängnis wird nicht gesungen!«

Sie hatten Freiheitslieder gesungen, und nach

einer Weile sangen sie die *Battle Hymn of the Republic.*

Bull grölte: »Hört auf zu singen, oder es setzt was! Ich bin hier der Boss im Gefängnis, das könnt ihr euch hinter die Ohren schreiben!«

Sie sangen nicht mehr, und Berrel Miller fing an, laut zu beten.

»Und gebetet wird hier auch nicht!«

Berrel Miller betete weiter: »Himmlischer Vater, der Du uns vor so vielem bewahrt hast, errette uns auch aus diesem Gefängnis!«

Jeder hörte zu und wartete. Die Sonne würde bald untergehen, aber es war stickig heiß. Die Fenster waren geschlossen, und sie hatten nicht genug Luft. Bull Brown stellte die Heizung an, und bald stieg die Temperatur auf beinah neunundvierzig Grad. Einige Marschierer fielen in Ohnmacht. In Jims Kopf hämmerte es von dem Hieb, den er abgekriegt hatte.

Eine Abordnung von Rechtsanwälten der verschiedenen Bürgerrechtsorganisationen erschien, inspizierte das Gefängnis und zwang Bull, die Heizung abzustellen. Sie verlangten auch Essen und Wasser für die Marschierer. Unter ihnen befand sich ein Bezirkspolizeichef, der die Führung übernommen hatte und die Freilassung der Gefangenen in die Wege zu leiten begann.

Bull ließ seine Anklage vom Stapel. Es dauerte sehr lange. Sie wurden beschuldigt, die öffentliche Ordnung gefährdet zu haben und ohne Erlaubnis marschiert zu sein. Jeder von ihnen wurde zu fünfzig Dollar Strafe verklagt, und die *N.A.A.C.P.* legte das Geld für sie aus.

»Wir sind nicht billig, was?« spottete Jim. Er machte sich noch immer Sorgen wegen Janet. Ob die verdammten Schweinehunde sie etwa anrührten oder irgendwie beleidigten? Ob Miss Rosa in der gleichen Zelle mit ihr war?

Seine eigene Zelle war überfüllt und stank. Wenn er nur einen einzigen Atemzug in frischer Luft tun könnte ...

In jener Nacht schlief niemand.

An einem sanften Sommermorgen in der ersten Frühe fingen die Behörden an, die Gefangenen freizulassen, und Jim war der fünfte, der herauskam. Er wartete auf dem Square, während sich die Marschierer einer nach dem andern einstellten. In der Nacht war ihnen in der erstickenden Luft übel geworden, und ihr Kopf schmerzte noch immer.

Endlich kamen auch die Frauen heraus, und als er Janet erblickte, wurde ihm wieder so merkwürdig weit ums Herz. Er rannte zu ihr.

»Fehlt dir nichts, Janet? Hat dich jemand angerührt oder beleidigt?«

»Nein – wenn man nicht neunundvierzig Grad Hitze eine Beleidigung nennen will!«

Nachdem sie sich erleichtert umarmt hatten, gingen sie in einen Drugstore, um rasch zu erledigen, was ihnen am meisten am Herzen lag: sie ließen sich riesige Gläser mit kühlen Getränken gegen den furchtbaren Durst geben, und sie riefen ihre Familien an. Sie wußten, daß die Nachricht von der Nacht im Gefängnis bis nach Stillwater und Hilton gedrungen war.

Nach ein paar Glas mit eiskaltem Mineralwasser sprachen sie kurz und ein wenig befangen mit ihren Angehörigen. Dann kehrten sie auf den Square zurück.

Endlich wurde auch Miss Rosa entlassen. Sie war eine von den letzten, denn sie hatte eine Auseinandersetzung mit dem Sheriff gehabt: diesmal hatte sie den ›Bull‹ buchstäblich bei den Hörnern gepackt.

Mittlerweile hatten die Damen der Bürgerrechtsorganisationen auf dem Square eine Kantine eingerichtet, und alle Marschierer aßen und tranken, sowie sie aus dem Gefängnis kamen. Nie hatten sie so voller Dankbarkeit ihren Durst gelöscht.

Und dann erfuhren sie, daß Miss Lulas Haus in Brand gesteckt worden war. Die Rassenfanatiker waren zuerst mit Äxten auf das Haus und die Möbel losgegangen und hatten dann alles in Brand gesteckt. Miss Lula war nichts zugestoßen, aber Miss Rosa brach trotzdem in Tränen aus.

George Thompson war erschüttert, und plötzlich sagte er: »Sie soll unser erster Hausbesuch in der Pfarre sein!«

Miss Rosa starrte ihn an.

Es war schwierig für George, ausführlicher zu werden, wenn sein Antrag so eindeutig übergangen wurde.

»Muß ich es klipp und klar aussprechen, Miss Rosa Culpepper? Ich machte Ihnen einen Heiratsantrag!«

»Einen Heiratsantrag?« wiederholte sie. Und weil es etwas war, das sie sich so sehr gewünscht hatte, ohne jedoch überzeugt zu sein, daß sie es verdiente, mochte sie kaum ihren Ohren trauen und stand noch immer stumm da, mit zerzaustem Haar (nach der Nacht im Gefängnis) und mit einem warmen Würstchen in der einen Hand und einem Papierbecher in der andern.

Plötzlich riß sie sich zusammen. Sie reckte sich, um so würdevoll wie möglich auszusehen, und erwiderte mit ihrem holdesten Lächeln: »Es ist mir ein Vergnügen!«

Daraufhin brach er in ein helles Gelächter aus, und sie stimmte mit ein. Behutsam nahm er ihr das Würstchen und den Becher aus der Hand und umarmte sie vor aller Augen auf dem Square.

Odum hinkte auf Jim zu, und als Jim von dem Hundebiß erfuhr, rief er den Arzt. Doktor

Farrell behandelte die häßliche Wunde auf Odums Bein.

Jim sagte: »Du bist tapfer, Odum!«, und nun grinste Odum.

»Im Gefängnis war's heiß!« sagte er. »Ich meine, verdammt heiß! Ach, Jim, du hast mir noch nicht beigebracht, so zu sprechen wie du!«

»Du sprichst ganz recht!«

»Aber nicht so wie du«, sagte Odum beharrlich.

»Okay, Odum! Ich helfe dir gern.«

Atlanta lag nur drei Meilen von Flowering Branch entfernt. Der Marsch näherte sich seinem Ende. Sympathisanten hatten für das letzte Stück Wegs ihre Wagen zur Verfügung gestellt, doch nur wenige machten Gebrauch von dem Angebot.

»Ich geh jetzt in keinen Wagen nich rein«, erklärte Odum. »Hab's ganz gut mit meinen Beinen geschafft!«

Jim lächelte und sagte in einer gestelzten Sprache, die seinem üblichen Südstaaten-Genäsel kein bißchen glich: »Ich werde auch nicht fahren. Ich bin auf meinen eigenen Füßen bis hierher gekommen!«

Odum wiederholte Jims Worte aufmerksam, lachte dann und warf ihm den Arm um die Schulter.

Jetzt strudelte die Menge wild durcheinander, bis sich die Reihen neu gebildet hatten. Doch ehe sich der Zug für die letzten paar Meilen in Bewegung setzte, besänftigte Mr. Miller das Stimmengewirr und hielt mit lauter, klarer Stimme die kürzeste Predigt seines Lebens:

»Dank sei Dir, Herr, daß Du uns vom Bösen erlöst hast, und mögen die steinigen Stellen auf unserm Lebensweg stets so geglättet werden, falls es nach Deinem Willen ist!«

Als sie den Marsch nach Atlanta begannen, sangen sie: »*We shall overcome.*«

Es war kein Marsch, der an sich den Lauf der Geschichte oder die Bürgerrechtsbewegung ändern würde. Doch in jedem Teilnehmer hatte sich eine Änderung vollzogen. Sie hatten ihr Leben gewagt, manche hatten ihren Posten und ihr Eigentum drangegeben, und sie hatten sich über die Gefahren hinweggesetzt. Einer von den Marschierern, ein alter, unbekannter Mann, war gestorben, so daß stets eine gewisse Trauer mit dem Marsch verknüpft bleiben würde. Doch Trauer war nicht das vorherrschende Gefühl. Obwohl es kein berühmter Marsch war, hatte sich in der Seele jedes Teilnehmers eine rasche, aber wundersame Verwandlung durch die Liebe vollzogen.

Der Jockey

Der Jockey trat in die Tür des Speisesaals, ging aber bald beiseite und stand reglos da, den Rücken der Wand zugekehrt. Der Saal war überfüllt, denn es war der dritte Tag der Rennsaison, und alle Hotels der Stadt waren besetzt. Im Speisesaal ließen Sträuße von Augustrosen ihre Blütenblätter auf die weißen Tischtücher fallen, und aus der anstoßenden Bar drang ein warmes, trunkenes Stimmengewirr. Der Jockey wartete, den Rücken zur Wand gekehrt, und musterte den Saal mit zusammengekniffenen, in Fältchen gebetteten Augen. Er durchforschte den Saal, bis sein Blick endlich einen Ecktisch diagonal gegenüber entdeckte, an dem drei Männer saßen. Während er sie beobachtete, hob der Jockey das Kinn und legte den Kopf schräg nach hinten, wobei sein zwerghafter Körper starr und die Hände so steif wurden, daß sich die Finger wie graue Krallen nach innen krümmten. So stand er da, beobachtete und wartete ab: voll verhaltener Spannung an die Wand des Speisesaals gelehnt.

Er trug an jenem Abend einen Anzug aus grüner chinesischer Seide, von tadellosem Sitz und von der Größe eines Knabenkostüms. Das Hemd war gelb, die Krawatte wies pastellfarbene Streifen auf. Er hatte keinen Hut bei sich und trug das Haar als steife, feuchte Franse in die Stirn gekämmt. Sein Gesicht war hager, ohne Alter, und grau. An den Schläfen lagen Schattenmulden, und die Lippen waren in einem eingefrorenen Lächeln fest aufeinandergepreßt. Nach einiger Zeit merkte er, daß einer von den drei Männern, die er beobachtete, ihn gesehen hatte. Doch der Jockey nickte nicht; er hob nur das Kinn noch höher und hakte den Daumen seiner verkrampften Hand in die Jackentasche ein.

Die drei Männer am Ecktisch waren: ein Trainer, ein Buchmacher und ein Reicher. Der Trainer hieß Sylvester, ein großer, schlaksig gebauter Bursche mit rot angelaufener Nase und trägen blauen Augen. Der Buchmacher hieß Simmons. Dem Reichen gehörte ein Pferd namens Seltzer, das der Jockey am Nachmittag geritten hatte. Alle drei tranken Whisky Soda, und ein Kellner in weißer Jacke hatte gerade den Hauptgang des Abendessens hingestellt.

Sylvester war's, der den Jockey zuerst sah. Er blickte rasch fort, setzte sein Whiskyglas ab und rieb sich nervös den roten Nasenzipfel. »Da ist Bitsy Barlow«, sagte er. »Steht drüben an der Wand. Tut nix als uns beobachten.«

»Oh, der Jockey?« sagte der reiche Mann. Er hatte mit dem Gesicht zur Wand gesessen, drehte nun den Kopf um und blickte hinter sich. »Holen Sie'n her!«

»Großer Gott, nein!« sagte Sylvester.

»Er ist verrückt«, sagte Simmons. Die Stimme des Buchmachers war fade und ohne Modulation. Er hatte das Gesicht des geborenen Glücksspielers, sorgsam beherrscht; der Ausdruck war wie erstarrt, ein Dauerzustand zwischen Gier und Furcht.

»Ach, so würd ich's nicht gerade bezeichnen«, sagte Sylvester. »Ich kenne ihn schon sehr lange. Er war okay – bis vor ein paar Monaten. Aber wenn er so weitermacht, dann seh ich nicht, wie er's noch ein Jahr durchhalten kann. Tatsächlich nicht.«

»'s ist wegen dem, was in Miami passiert ist«, sagte Simmons.

»Was denn?« fragte der reiche Mann.

Sylvester blickte quer durch den Saal zum Jockey und beleckte mit seiner roten, fleischigen Zunge die Mundwinkel. »Ein Unfall. Ein Junge wurde auf der Rennbahn verletzt. Brach sich's Bein und die Hüfte. Es war ein spezieller Freund von Bitsy. Ein kleiner Ire. Und kein schlechter Reiter.«

»Das ist aber schade«, sagte der reiche Mann.

»Tja! 's waren besonders gute Freunde«, sagte Sylvester. »Immer konnte man ihn oben in Bitsys Hotelzimmer antreffen. Sie spielten zusammen Rummy, oder sonst lagen sie auf dem Fußboden und lasen gemeinsam die Sportseite.«

»Ja, so was kann passieren«, sagte der reiche Mann.

Simmons schnitt ein Stück von seinem Beefsteak ab. Er hielt die Gabel mit den Zinken nach unten und häufte mit dem Messer sorgfältig Pilze darauf. »Er 's verrückt«, wiederholte er. »Bei dem gruselt's mich!«

Alle Tische im Speisesaal waren besetzt. An der Festtafel in der Mitte saß eine Gesellschaft, und grünlichweiße Augustschmetterlinge hatten vom Dunkel hereingefunden und umschwärmten die hellen Kerzenflammen. Zwei Mädchen in grauen Flanellhosen und Sportjacketts gingen Arm in Arm durch den Saal und zur Bar. Von der Hauptstraße draußen drangen die Echos der Ferienübergeschnapptheit herein.

»Im August soll Saratoga die größte Einwohnerzahl der Welt haben, wird behauptet«, sagte Sylvester zum Reichen. »Wie denken Sie darüber?«

»Ich weiß es nicht«, erwiderte der Reiche, »aber es ist sehr leicht möglich.«

Simmons wischte sich zierlich mit der Spitze seines Zeigefingers den Mund ab. »Und Hollywood? Und Wall Street?«

»Achtung!« rief Sylvester. »Er hat sich aufgerafft, herzukommen.«

Der Jockey hatte seinen Platz an der Wand

aufgegeben und näherte sich dem Ecktisch. Er stolzierte steif einher, schwenkte bei jedem Schritt die Beine im Halbkreis vor und grub seine Absätze tief in den roten Veloursteppich. Unterwegs streifte er an der Festtafel den Ellbogen einer dicken Frau in weißem Satin; er trat einen Schritt zurück und verbeugte sich mit geckenhafter Höflichkeit, wobei er die Augen zumachte. Als er den Saal durchquert hatte, zog er einen Stuhl heran, und setzte sich an eine Tischecke zwischen Sylvester und den Reichen, ohne auch nur mit einem Nicken zu grüßen oder sein starres graues Gesicht zu verziehen.

»Essen gehabt?« fragte Sylvester.

»Man kann's so bezeichnen.« Die Stimme des Jockeys war hell und verbittert und deutlich.

Sylvester legte sein Messer und seine Gabel behutsam auf den Teller. Der reiche Mann wechselte seine Stellung, drehte sich auf seinem Stuhl etwas seitlich und schlug die Beine übereinander. Er trug Reithosen aus Köper, ungeputzte Stiefel und eine schäbige braune Jacke: das war während des Rennens tagaus, tagein seine Kleidung, obwohl man ihn noch nie auf einem Pferd erblickt hatte. Simmons war mit seinem Essen beschäftigt.

»Möchtest du einen Schluck Mineralwasser?« fragte Sylvester. »Oder so was Ähnliches?«

Der Jockey antwortete nicht. Er zog eine

goldene Zigarettendose aus der Tasche und ließ sie aufschnappen. Sie enthielt ein paar Zigaretten und ein winziges goldenes Taschenmesser. Er benutzte das Messer, um die Zigaretten in zwei Hälften zu schneiden. Nachdem er den Rauch ausgestoßen hatte, winkte er einem am Tisch vorbeikommenden Kellner. »Bitte einen Kentucky-Bourbon!«

»Aber hör doch mal, Jungchen!« rief Sylvester.

»Komm mir nicht mit Jungchen!«

»Sei doch vernünftig! Du weißt ja, daß du vernünftig sein mußt!«

Der Jockey verzog den linken Mundwinkel zu einem starren Hohnlächeln. Sein Blick senkte sich auf das auf dem Tisch befindliche Essen, aber er blickte sofort wieder hoch. Vor dem reichen Mann stand ein Fischauflauf, in Crèmesoße gebacken und mit Petersilie garniert. Sylvester hatte Eier Benedict bestellt. Spargel waren da, frischer butteriger Mais und eine kleine Platte mit feuchten schwarzen Oliven. Eine Schüssel mit Pommes frites stand auf der Tischecke vor dem Jockey. Er blickte nicht wieder auf das Essen, sondern heftete die zusammengekniffenen Augen auf die Vase mit den vollerblühten Lavendelrosen. »Sie erinnern sich vermutlich nicht an einen gewissen Menschen namens McGuire?« sagte er.

»Nun laß doch«, sagte Sylvester.

Der Kellner brachte den Whisky, und der Jockey saß da und streichelte das Glas mit seinen kleinen starken schwieligen Händen. Am Handgelenk trug er ein goldenes Kettenarmband, das gegen die Tischkante klimperte. Nachdem er das Glas zwischen den Handflächen herumgedreht hatte, trank der Jockey den Whisky plötzlich unverdünnt in zwei großen Schlucken. Er stellte das Glas heftig hin. »Nein, es ist nicht anzunehmen, daß Ihr Gedächtnis so genau ist und so weit zurückreicht«, sagte er.

»Aber natürlich, Bitsy«, sagte Sylvester. »Warum bist du denn heut so? Hast du von dem Jungen gehört?«

»Hab einen Brief bekommen«, sagte der Jokkey. »Der gewisse Jemand, von dem wir sprechen, ist am Mittwoch aus dem Gips gekommen. Das eine Bein ist fünf Zentimeter kürzer als das andre. Das ist alles.«

Sylvester schnalzte mit der Zunge und schüttelte den Kopf. »Kann's mir vorstellen, wie's dir zumute ist!«

»Glaubst du wirklich?« Der Jockey sah auf die Gerichte, die auf dem Tisch standen. Sein Blick flog vom Fischauflauf zum Mais und heftete sich schließlich an die Schüssel mit den Pommes frites. Sein Gesicht spannte sich, und rasch blickte er wieder hoch. Eine Rose zerblätterte, und er hob ein Blütenblatt auf, zerquetschte es zwischen Daumen und Zeigefinger und steckte es in den Mund.

»Tja, so was kann passieren«, sagte der reiche Mann.

Der Trainer und der Buchmacher hatten fertig gegessen, aber auf den Platten vor ihren Tellern lag noch etwas Essen. Der reiche Mann tauchte seine fettigen Finger ins Wasserglas und trocknete sie an der Serviette ab.

»Will nicht jemand von den Herren, daß ich ihm noch etwas zureiche?« fragte der Jockey. »Oder vielleicht möchten Sie nachbestellen? Noch ein dickes Beefsteak oder ...«

»Bitte«, sagte Sylvester, »sei doch vernünftig! Warum gehst du nicht nach oben?«

»Ja, warum nicht«, sagte der Jockey.

Seine affektierte Stimme klang jetzt noch höher und hatte bereits etwas von einem grellen, hysterischen Gewinsel an sich.

»Warum geh ich nicht nach oben in mein verdammtes Zimmer und laufe auf und ab und schreibe ein paar Briefe und geh wie ein braver Junge schön zu Bett. Warum geh ich nicht einfach ...« Er schob seinen Stuhl zurück und stand auf. »Oh, ihr könnt mich«, sagte er. »Ihr könnt mich alle mal. Ich möcht einen Drink!«

»Dann kannst du dich ebensogut gleich begraben lassen, mehr sag ich nicht dazu«, warnte

Sylvester. »Du weißt, was dir dann blüht. Du weißt es ganz genau.«

Der Jockey ging durch den Speisesaal und betrat die Bar. Er bestellte einen Manhattan, und Sylvester beobachtete ihn, wie er mit eng geschlossenen Absätzen dastand, den Körper steif wie ein Zinnsoldat, und wie er den kleinen Finger vom Glas wegstreckte und langsam an seinem Drink sog.

»Er ist verrückt«, sagte Simmons. »Hab's ja gleich gesagt!«

Sylvester wandte sich an den reichen Mann. »Wenn er ein Hammelkotelett ißt, dann kann man's eine Stunde drauf in seinem Magen sehen. Er kann das Essen nicht mehr rausschwitzen. Er wiegt hundertzwölfeinhalb. Er hat drei Pfund zugenommen, seit wir von Miami abgereist sind.«

»Ein Jockey sollte nicht trinken«, sagte der reiche Mann.

»Das Essen sättigt ihn nicht mehr so wie früher, und er kann's nicht rausschwitzen. Wenn er Hammelkotelett ißt, kann man sehen, wie sich's in seinem Magen abzeichnet und nicht runterrutscht.«

Der Jockey trank seinen Manhattan aus und zerdrückte die Kirsche auf dem Grunde des Glases mit dem Daumen. Dann stieß er das Glas von sich. Die beiden Mädchen in den Sportjacketts standen links von ihm und hatten die Gesichter einander zugekehrt; am andern Ende der Bar hatten zwei Schlepper einen Wortwechsel angefangen, welches der höchste Berg der Erde sei. Jedermann war mit jemand da; kein einziger Mensch trank heute abend allein. Der Jockey zahlte mit einem funkelnagelneuen Fünfzig-Dollar-Schein und zählte das Wechselgeld nicht nach.

Er ging wieder in den Speisesaal und zum Tisch, an dem die drei Männer saßen, aber er setzte sich nicht. »Nein, das darf ich wohl nicht annehmen, daß Ihr Gedächtnis so genau ist und so weit zurückreicht«, sagte er. Er war so klein, daß ihm die Tischkante fast bis zum Gürtel ging, und als er die Ecke des Tisches mit seinen sehnigen Händen umklammerte, brauchte er sich nicht zu bücken. »Nein, ihr seid viel zu sehr damit beschäftigt, das Dinner in euch reinzuschaufeln. Ihr seid zu ...«

»Nein, wirklich!« bat Sylvester. »Du mußt dich vernünftig benehmen!«

»Vernünftig! Vernünftig!« Über das graue Gesicht des Jockeys flog ein Zittern, dann erstarrte es zu einem gemeinen, versteinerten Grinsen. Er rüttelte am Tisch, so daß die Flaschen klirrten, und einen Augenblick hatte es den Anschein, als wollte er ihn umkippen. Doch plötzlich ließ er davon ab. Seine Hand langte nach der ihm zunächst stehenden Schüssel, und mit betonter Gebärde stopfte er sich ein paar von den Pommes frites in den Mund. Er kaute sie langsam und mit in die Höhe gezogener Oberlippe; dann drehte er sich um und spuckte den Mundvoll Brei auf den weichen roten Teppich, der den Boden bedeckte. »*Libertins*«, sagte er, und seine Stimme klang dünn und geborsten. Er ließ das Wort über die Zunge rollen, als habe es einen Geschmack und eine Beschaffenheit, die ihn befriedigten. »Ihr *Libertins*«, sagte er nochmals, wandte sich ab und ging, steif einherstolzierend, aus dem Speisesaal.

Sylvester zuckte mit seinen schweren, schlaksigen Schultern. Der reiche Mann tupfte etwas von dem Wasser auf, das übers Tischtuch verschüttet war, und sie sprachen nicht mehr, bis der Kellner kam, um abzuräumen.

Ein häusliches Dilemma

Am Donnerstag verließ Martin Meadows sein Büro früh genug, um für die Heimfahrt den ersten Expreß-Autobus erreichen zu können. Es war um die Stunde, wenn in den schneenassen Straßen das fliederfarbene Abendlicht verblaßte, doch bis dann der Bus von der Endstation in der Stadtmitte abfuhr, war schon alles funkelnde City-Nacht. An den Donnerstagen hatte das Dienstmädchen Ausgang, und da kehrte Martin gern so früh wie möglich heim, denn seit einem Jahr war seine Frau öfters – nicht wohl. Heute war er sehr müde und hoffte, daß ihn keiner der regelmäßig mitfahrenden Vorortbewohner in ein Gespräch ziehen würde; deshalb heftete er den Blick auf die Zeitung, bis der Autobus die George-Washington-Brücke überquert hatte. Wenn sie erst einmal auf der Überlandstraße 9 W waren, fand Martin immer, die Fahrt sei schon zur Hälfte überstanden, und er schöpfte tief Atem – selbst bei kalter Witterung, wenn nur Strahlen feiner Zugluft durch den Rauch des Wageninnern drangen – und war des festen Glaubens, er atme gute Landluft. Meistens pflegte er sich von dieser Stelle an zu entspannen und voller Freude an sein Heim zu denken. Doch im letzten Jahr war mit dem Näherkommen nur ein Gefühl der Spannung entstanden, und er freute sich nicht mehr auf das Ende der Fahrt. Heute abend hielt Martin sein

Gesicht dicht ans Fenster und beobachtete die kahlen Felder und die einsamen Lichter der vorüberfliegenden Ansiedlungen. Der Mond kam hervor und schien bleich auf die dunkle Erde und auf weite Strecken zaudernden, zerfressenen Schnees. Martin fand die Gegend heute abend unendlich weit und verlassen. Kurz bevor es an der Zeit war, die Schnur zu ziehen, nahm er den Hut aus dem Netz und steckte die zusammengefaltete Zeitung in die Manteltasche.

Das Landhaus lag einen Block von der Haltestelle entfernt, in der Nähe des Flusses, aber nicht gerade am Ufer; vom Wohnzimmerfenster aus konnte man über die Straße und gegen den gegenüberliegenden Garten blicken und dahinter den Hudson sehen. Das Haus war modern und schien fast neu und zu weiß auf dem schmalen Streifen Bauland. Im Sommer war der Rasen sanft und leuchtend, und Martin pflegte dann mit viel Liebe seine Blumenrabatte und seinen Rosenhag. Doch während der kalten, düsteren Monate sah der Garten öde aus, und das Haus wirkte nackt. Heute abend brannte in allen Zimmern des kleinen Hauses Licht, und Martin eilte hastig den Gartenpfad entlang. Vor der Treppe blieb er stehen, um einen kleinen Karren beiseite zu schieben.

Die Kinder waren im Wohnzimmer und so in ihr Spiel vertieft, daß sie das Aufgehen der

Haustür gar nicht bemerkten. Martin stand still und betrachtete seine behüteten, schönen Kinder. Sie hatten das unterste Schubfach des Sekretärs geöffnet und den Weihnachtsbaumschmuck hervorgeholt. Andy hatte es fertiggebracht, die Weihnachtsbaum-Beleuchtung in die Steckdose einzuschalten, und nun glühten die grünen und roten Birnen in unzeitgemäßer Festlichkeit auf dem Wohnzimmerteppich. Er war gerade dabei, Mariannes Schaukelpferd mit den leuchtenden Schnüren zu behängen. Marianne saß auf dem Fußboden und rupfte einem Engel die Flügel aus. Die Kinder ließen ein überraschtes Begrüßungsgeschrei hören. Martin schwang sich das dicke kleine Mädchen auf die Schulter, und Andy warf sich gegen seines Vaters Beine.

»Pappi, Pappi, Pappi!«

Martin setzte das kleine Mädchen behutsam nieder und schwenkte Andy ein paarmal wie ein Pendel hin und her. Dann hob er den Weihnachtsbaumschmuck auf.

»Weshalb liegt all das Zeug hier draußen herum? Helft mir, es wieder einzuräumen! Ihr dürft nicht mit der Steckdose spielen! Ihr wißt doch, daß ich es schon einmal verboten habe! Denke daran, Andy!«

Der sechsjährige Junge nickte und stieß das Schubfach zu. Martin streichelte das blonde, seidige Haar, und seine Hand blieb ein Weilchen zärtlich auf dem feinen Nacken des Kindes liegen.

»Habt ihr schon gegessen, Pummelchen?«

»Es hat weh getan. Das Brot war heiß.«

Das kleine Mädchen stolperte über den Teppich, und nach der ersten Verwunderung über den Sturz begann es zu weinen; Martin hob die Kleine auf und trug sie auf dem Arm in die Küche.

»Sieh mal, Pappi«, sagte Andy, »da ist das Brot!«

Emily hatte den Kindern das Abendbrot auf die Porzellanplatte des Küchentisches gestellt. Zwei Teller mit Resten von Grießbrei und Ei waren da, und silberne Becher, in denen Milch gewesen war. Daneben stand eine Schüssel mit Zimtschnitten, die aber nicht angerührt worden waren, abgesehen von einem einzigen Bissen. Martin roch an dem abgebissenen Stück und kostete vorsichtig. Dann warf er alles in den Mülleimer. »Huh! Pfui – was zum Teufel . . .!«

Emily hatte anstatt der Zimtdose den Cayenne-Pfeffer genommen.

»Das war fein, Feuer zu essen«, sagte Andy. »Ich hab Wasser getrunken und bin nach draußen gelaufen und hab den Mund aufgemacht. Marianne hat nichts nicht genommen.«

». . . hat keins genommen«, verbesserte Martin. Er stand hilflos da und ließ den Blick über die Wände der Küche gleiten. »Na, das ist doch ...«, sagte er schließlich. »Wo ist Mammi jetzt?«

»Oben bei euch!«

Martin ließ die Kinder in der Küche und ging zu seiner Frau. Vor der Tür wartete er ein Weilchen, um seinen Ärger abflauen zu lassen. Er klopfte nicht an, und als er im Zimmer stand, schloß er die Türe hinter sich.

Emily saß im Schaukelstuhl am Fenster des reizenden Zimmers. Sie hatte aus einem großen Glas getrunken, und als er eintrat, stellte sie das Glas schnell auf den Fußboden neben dem Schaukelstuhl. Aus ihrer Haltung sprachen Verwirrung und Schuld, die sie allzu offensichtlich hinter gespielter Lebhaftigkeit zu verstecken suchte.

»Oh, Marty! Bist du schon da? Die Zeit ist mir nur so verflogen! Ich wollte gerade nach unten gehen ...« Sie schwankte auf ihn zu, und ihr Kuß schmeckte stark nach Sherry. Als er ihn nicht erwiderte, trat sie einen Schritt zurück und kicherte nervös.

»Was ist denn mit dir los? Weshalb stehst du so steif wie ein Telegraphenpfahl da? Fehlt dir etwas?«

»Ob *mir* etwas fehlt?« Martin bückte sich über den Schaukelstuhl und hob das Glas auf.

»Wenn du dir nur vorstellen könntest, wie elend mich das macht – und wie schlimm es für uns alle ist!«

Emily sprach mit unechtem, munterem Tonfall, der ihm nur zu gut bekannt war. Bei solcher Gelegenheit legte sie sich gern einen leicht englischen Akzent zu und ahmte vielleicht eine Schauspielerin nach, die sie bewunderte. »Ich habe keine Ahnung, was du meinst. Falls du nicht auf das Glas anspielst, das ich für ein Tröpfchen Sherry benutzt habe. Ich hatte einen kleinen Schluck Sherry getrunken, vielleicht auch zwei. Aber ist denn das ein Verbrechen, bitte schön? Mir geht es ausgezeichnet, ganz ausgezeichnet!«

»Ja, das sieht man.«

Als Emily ins Badezimmer ging, bemühte sie sich, ernst und würdevoll auszuschreiten. Sie drehte den Hahn mit dem kalten Wasser auf und spritzte sich etwas mit der hohlen Hand ins Gesicht; dann tupfte sie es mit einem Zipfel des Badetuches trocken. Ihr Gesicht wies feine Züge auf und war jung und klar.

»Ich wollte gerade nach unten gehen und das Abendessen richten.« Sie schwankte und fand das Gleichgewicht nur dadurch wieder, daß sie sich am Türrahmen festhielt.

»Ich werde mich schon ums Essen kümmern. Bleibe du hier! Ich bringe es nach oben!« sagte er.

»Ich denke nicht daran! Was soll denn das nun heißen?«

»Bitte!« sagte Martin.

»Laß mich in Ruhe! Mir geht's ausgezeichnet. Ich wollte gerade nach unten gehen . . .«

»Hör auf mich!«

»Hör auf deine Großmutter!«

Sie torkelte auf die Türe zu, aber Martin packte sie am Arm. »Ich will nicht, daß die Kinder dich in diesem Zustand sehen. Sei vernünftig!«

»In diesem Zustand?« Emily entzog ihm den Arm mit einem Ruck. »Was – willst du mich zu einer Säuferin stempeln, weil ich nachmittags ein paar Glas Sherry trinke? Das nennst du ›Zustand‹? Wo ich Whisky überhaupt nie anrühre? Das weißt du ganz genau. Und ich trinke nie in einer Bar. Von dir kannst du das nicht behaupten! Ich nehme nicht mal einen Cocktail vor dem Abendessen. Nur manchmal ein Gläschen Sherry. Soll das etwa eine Schande sein, frag ich dich? ›Zustand‹!«

Martin suchte nach Worten, um seine Frau zu beruhigen. »Wir wollen hier oben friedlich Abendbrot essen, wir beide ganz allein! Sei lieb, ja?« Emily setzte sich auf den Bettrand, und er öffnete schnell die Tür und sagte im Hinausgehen: »Ich bin im Nu wieder da!«

Während er sich unten mit dem Abendessen

beeilte, versank er wieder in Grübeleien über die alte Frage, wieso ein solches Unglück über sein Heim hatte hereinbrechen können. Er hatte immer gern einen guten Tropfen getrunken. Als sie noch in Alabama wohnten, war es selbstverständlich gewesen, daß sie Cocktails oder ein anderes Getränk zu sich nahmen. Jahrelang hatten sie ein oder zwei, vielleicht auch drei Glas vor dem Essen getrunken, und vor dem Schlafengehen noch einen Nachttrunk. An Abenden vor Feiertagen hatten sie wohl auch eine ganze Flasche geleert oder waren gar etwas angeheitert. Aber für ihn war das Trinken nie eine leidige Frage gewesen, höchstens eine lästige Ausgabe, die sie sich, als sie Kinder bekamen, kaum noch leisten konnten. Erst nachdem seine Firma ihn nach New York versetzt hatte, bemerkte Martin, daß seine Frau bestimmt zuviel trank. Ihm fiel auf, daß sie auch tagsüber süffelte.

Nachdem das Übel einmal erkannt war, versuchte Martin, ihm auf den Grund zu gehen. Die Versetzung von Alabama nach New York hatte sie irgendwie erschüttert: sie war an die lässige Behaglichkeit einer kleinen Stadt in den Südstaaten gewöhnt, an den Schoß der Familie, an Vettern und Basen und Jugendfreundinnen, und nun konnte sie sich nicht an die strengeren, ernsteren Ansichten im Norden anpassen. Die Pflichten als Mutter und Hausfrau waren ihr beschwerlich; sie hatte Heimweh nach *Paris City* und konnte sich in der kleinen Vorstadt mit niemandem anfreunden. Sie las nur Zeitschriften und Kriminalromane. Ohne den falschen Zauber des Alkohols schien ihr das Leben nichtig. Auf heimtückische Art unterminierten die Folgen der Unmäßigkeit seine Einstellung zu seiner Frau. Es kamen Zeiten, wo sie unbegreiflich boshaft sein konnte, Zeiten, wo der Alkohol wie ein schwelender Funke einen unschönen Wutausbruch hervorrief. Er stieß bei Emily auf ungeahnte vulgäre Seiten, die mit ihrem sonstigen schlichten Wesen nicht übereinstimmten. Sie log ihm wegen ihrer Trinkerei etwas vor und hinterging ihn mit unvermuteten Ausflüchten.

Dann geschah das Unglück. Als er eines Abends vor etwa einem Jahr nach Hause kam, schallten ihm Schreie aus dem Kinderzimmer entgegen. Er fand Emily, die das nackte, vom Bad noch nasse Baby trug. Sie hatte es fallen lassen, und der zarte, zarte Schädel der Kleinen war auf die Tischkante aufgeschlagen, so daß ein rotes Blutrinnsal durch das seidenweiche Haar lief. Emily schluchzte und war betrunken. Martin hatte das verletzte Kind, das ihm nun so unendlich teuer wurde, auf den Armen gewiegt und dabei ein grauenhaftes Zukunftsbild vor Augen gehabt.

Am folgenden Tag war Marianne wohlauf.

Emily gelobte, sie würde nie wieder Alkohol anrühren, und ein paar Wochen lang war sie nüchtern und elend und niedergeschlagen. Dann fing sie allmählich wieder an – nicht mit Whisky oder Gin, aber mit reichlich Bier oder Sherry und ausländischen Likören; einmal war er auf eine Hutschachtel voll leerer *Crème-de-Menthe*-Flaschen gestoßen. Martin fand ein zuverlässiges Mädchen, das den Haushalt umsichtig besorgte. Virgie stammte auch aus Alabama, und Martin hatte es nie gewagt, Emily zu erzählen, wie hoch die Löhne in New York waren. Emily trank nun ganz im geheimen und ehe er nach Hause kam. Im allgemeinen war die Wirkung kaum wahrzunehmen – höchstens eine gewisse Unbeherrschtheit in den Bewegungen oder schwere Augenlider. So unverantwortliche Handlungen wie die Sache mit dem Cayenne-Pfeffer kamen selten vor, und wenn Virgie zu Hause war, brauchte sich Martin keine Sorgen zu machen. Doch trotzdem spürte er immer eine nagende Unruhe, und ein drohendes Unheil unbestimmter Art schien dauernd über seinem Leben zu schweben.

»Marianne!« rief Martin, denn der bloße Gedanke an jene schlimme Zeit zwang ihn, sich sofort zu vergewissern. Die Kleine, die jetzt alles andere als verletzt, ihrem Vater aber deshalb ebenso teuer war, kam mit dem Bruder in die Küche. Martin fuhr fort, das Abendessen zurechtzumachen. Er öffnete eine Dose mit fertiger Suppe und legte zwei Schnitzel in die Bratpfanne. Dann setzte er sich an den Küchentisch und ließ seine Marianne auf den Knien reiten. Andy sah ihnen zu und wackelte mit den Fingern am Zahn, der schon seit einer Woche locker war.

»Andy-Mann!« rief Martin. »Steckt der alte Knochen immer noch in deinem Mund? Komm mal her, laß Pappi mal nachsehen!«

»Ich hab einen Faden, mit dem kann ich ihn rausziehen!« Der Kleine zog einen verfilzten Faden aus der Tasche. »Virgie hat mir gesagt, ich soll ihn um den Zahn binden und das andre Ende an die Türklinke, und dann soll ich die Tür ganz furchtbar rasch zuwerfen.«

Martin zog ein sauberes Taschentuch hervor und befühlte vorsichtig den losen Zahn. »Der Zahn muß heute abend noch raus aus Andys Mund. Sonst bekommen wir leider einen Zahnbaum.«

»Was ist das, Pappi?«

»Ein Zahnbaum«, sagte Martin. »Da beißt du auf etwas Hartes und verschluckst dabei den Zahn. Und der Zahn bekommt Wurzeln, und in Andys armem kleinem Magen wächst ein Zahnbaum, der hat keine Blätter, sondern lauter spitze kleine Zähne.«

»Huh, Pappi!« rief Andy. Doch den Zahn hielt er mit seinem schmutzigen kleinen Daumen und Zeigefinger fest. »So einen Baum gibt's gar nicht. Ich hab noch nie einen gesehen!«

»Es gibt auch keinen, und ich hab auch noch nie so einen Baum gesehen!«

Martin horchte plötzlich auf. Emily kam die Treppe herunter. Er hörte ihre torkelnden Schritte, und voller Befürchtungen schloß er den Kleinen in seine Arme. Als Emily in die Küche trat, konnte er an ihren Bewegungen und dem mürrischen Gesicht sehen, daß sie der Sherryflasche schon wieder zugesprochen hatte. Sie begann, Schubfächer aufzureißen und den Tisch zu decken.

»In meinem Zustand!« sagte sie mit belegter Stimme. »So redest du mit mir! Glaub nur nicht, daß ich's vergesse! Ich erinnere mich an all deine gemeinen Lügen, die du zu mir sagst. Glaub ja keine Minute lang, daß ich sie vergesse!«

»Emily!« bat er. »Die Kinder . . .«

»Die Kinder – jawohl! Bilde dir nur nicht ein, daß ich deine gemeinen Pläne nicht durchschaue! Du willst hier unten sein, damit du mir meine eigenen Kinder abspenstig machen kannst. Glaub ja nicht, daß ich das nicht wüßte und durchschaue!«

»Emily! Ich bitte dich – geh nach oben, ja?«

»Damit du die Kinder, meine eigenen Kinder, mir abspenstig machen ...« Zwei große Tränen liefen ihr schnell über die Wangen. »Willst meinen kleinen Sohn, meinen Andy, gegen seine eigene Mutter aufhetzen!«

Mit dem Ungestüm der Betrunkenen kniete Emily vor dem erschrockenen Kind auf dem Fußboden. Mit den Händen auf seinen Schultern suchte sie sich im Gleichgewicht zu halten. »Hör zu, mein Andy – du darfst nicht glauben, was dein Vater dir vorlügt. Du mußt nicht glauben, was er sagt, hörst du? Sag mal, Andy, was hat dir dein Vater erzählt, ehe ich in die Küche kam?« Das Kind blickte seinen Vater unsicher an. »Komm, erzähl's mir! Mama möchte es wissen!«

»Vom Zahnbaum.«

»Was?«

Das Kind wiederholte die Worte, und sie sprach sie ihm in ungläubigem Entsetzen nach. »Vom Zahnbaum!« Sie schwankte und klammerte sich fester an die Schultern des Kindes. »Ich weiß nicht, was du da sagst. Aber hör zu, Andy, Mama ist lieb, nicht wahr?« Die Tränen rollten ihr nun übers Gesicht, und Andy wich vor ihr zurück, denn er fürchtete sich. Emily packte die Tischkante und zog sich hoch.

»Da haben wir's! Du hast mein Kind gegen mich aufgehetzt!«

Marianne begann zu weinen, und Martin nahm sie auf den Arm.

»So ist's recht, nimm du nur deinen Liebling! Von Anfang an hast du sie vorgezogen. Mir ist's ja gleich, aber du könntest mir wenigstens meinen kleinen Jungen lassen.«

Andy drängte sich an seinen Vater und umklammerte sein Bein. »Pappi«, sagte er kläglich.

Martin führte die Kinder an den Fuß der Treppe. »Andy, bring Marianne nach oben, und Pappi kommt ganz schnell nach!«

»Aber Mammi?«

»Mammi geht's gut, laß nur!«

Emily saß schluchzend vor dem Küchentisch und hatte das Gesicht in den Armen vergraben. Martin schenkte ihr eine Tasse Suppe ein und stellte sie vor sie hin. Ihr rasselndes Schluchzen machte ihn schwach; die Gewalt ihres Kummers berührte eine zärtliche Saite in ihm, einerlei, worin er begründet sein mochte. Gegen seinen Willen legte er ihr die Hand aufs dunkle Haar. »Richte dich auf und trink die Suppe!« Das Gesicht, das sie ihm zuwandte, war reuig und bittend. Das Zurückweichen des Knaben oder die Berührung von Martins Hand mußten einen Stimmungsumschwung herbeigeführt haben.

»Ma-Martin!« schluchzte sie. »Ich schäme mich so!«

»Trink die Suppe!«

Sie gehorchte und trank zwischen keuchenden Atemzügen. Nach der zweiten Tasse ließ sie sich von ihm nach oben führen. Sie war jetzt fügsam und etwas beherrschter. Er legte ihr das Nachthemd aufs Bett und war im Begriff, das Zimmer zu verlassen, als eine neue Jammertour, das heulende Elend, bei ihr einsetzte.

»Er hat mich verlassen! Mein Andy hat mich angeschaut und dann verlassen!«

Ungeduld und Erschöpfung stahlen sich in seine Stimme, aber er wählte die Worte mit Bedacht. »Du mußt nicht vergessen, daß Andy noch ein kleines Kind ist – er versteht gar nicht, was solche Szenen bedeuten.«

»Habe ich eine Szene gemacht? Oh, Martin, habe ich vor den Kindern eine Szene gemacht?«

Gegen seinen Willen rührte und belustigte ihn ihr entsetztes Gesicht. »Denk nicht mehr dran! Zieh dein Nachthemd an und leg dich schlafen!«

»Mein Kind hat mich verlassen! Andy hat seine Mutter angeschaut und dann verlassen! Die Kinder . . .!«

Die ewige Wiederholung der Trinkerschwermut hatte sich ihrer bemächtigt. Martin verließ das Zimmer mit den Worten: »Leg dich um Gottes willen schlafen! Die Kinder haben es bis morgen schon vergessen!«

Während er es sagte, fragte er sich, ob es wohl stimme. Würde die Szene so leicht aus dem Gedächtnis entschwinden – oder würde sie im Unterbewußten Wurzel fassen und dort Jahre später noch schwären? Martin wußte es nicht, und diese zweite Möglichkeit machte ihn unglücklich. Er dachte an Emily, er sah die Demütigungen des nächsten Morgens voraus: die Erinnerungslücken, die hellere Einsicht, die aus dem verhüllenden Dunkel der Beschämung hervorstach. Sie würde zweimal – möglicherweise drei- oder viermal in seinem Büro in New York anrufen. Martin durchlitt im voraus seine Verlegenheit und fragte sich insgeheim, ob die andern im Büro wohl Verdacht schöpfen konnten. Er glaubte, daß seine Sekretärin das Elend schon lange geahnt hatte und daß sie ihn bemitleidete. Einen Augenblick empörte er sich gegen sein Los; er verabscheute seine Frau.

Als er ins Kinderzimmer trat, schloß er hinter sich die Türe und fühlte sich zum erstenmal an jenem Abend geborgen. Marianne ließ sich auf den Fußboden fallen, krabbelte wieder hoch und rief: »Pappi, schau mal!«, fiel wieder, krabbelte hoch und wiederholte das neue Spiel. Andy saß auf einem niedrigen Kinderstuhl und wackelte an seinem Zahn. Martin ließ Wasser in die Badewanne einlaufen, wusch sich die Hände im Waschbecken und rief den Jungen ins Badezimmer.

»Laß mich nochmal den Zahn anschauen!«

Martin saß auf der Toilette und hatte Andy zwischen seinen Knien vor sich stehen. Das Kind riß den Mund auf, und Martin packte den Zahn. Ein Ruck, eine rasche Umdrehung, und der perlmutterfarbene Milchzahn war draußen. Im ersten Augenblick spiegelten sich auf Andys Gesicht Entsetzen, Staunen und Entzücken ab. Er nahm einen Schluck Wasser in den Mund und spuckte ins Waschbecken. »Schau mal, Pappi! Blut! Marianne!«

Martin liebte es, die Kinder zu baden; unsagbar liebte er die zarten, nackten Körperchen, wenn sie so schutzlos im Wasser standen. Es war nicht gerecht von Emily, wenn sie sagte, daß er Marianne vorzog. Während er den zarten Knabenkörper seines Sohnes seifte, empfand er, daß eine noch größere Liebe unmöglich sei. Doch einen Unterschied in der Art seiner Gefühle für die beiden Kinder räumte er ein. Die Liebe zu seiner Tochter war ernster, eine schwermütige Note schwang mit, eine Zärtlichkeit, die fast schmerzte. Seine Kosenamen für den kleinen Jungen waren närrische, tagtägliche Erfindungen – das kleine Mädchen dagegen nannte er stets nur Marianne, und die Stimme, mit der er den Namen aussprach, war wie ein Streicheln. Martin tupfte das dicke kleine Kinderbäuchlein und die zarte kleine Schamfalte trocken. Die gewaschenen Kindergesichter waren strahlend wie Blütenblätter und beide gleichmäßig geliebt.

»Ich steck den Zahn unter mein Kopfkissen. Dann bekomme ich fünfundzwanzig Cent.«

»Weshalb?«

»Du weißt doch, Pappi – Johnny hat auch fünfundzwanzig Cent für seinen Zahn bekommen.«

»Wer tut die fünfundzwanzig Cent unters Kopfkissen?« fragte Martin. »Früher hab ich immer geglaubt, die Feen hätten sie da hingelegt. Aber früher gab's bloß einen Zehner.«

»Ja, das haben sie auch im Kindergarten erzählt.«

»Wer legt das Geldstück dorthin?«

»Die Eltern«, sagte Andy. »Du!«

Martin steckte die Decke auf Mariannes Bett mit Sicherheitsnadeln fest. Seine Tochter war schon eingeschlafen. Martin beugte sich nieder, atmete kaum und küßte ihre Stirn, und dann noch die winzige Hand, die mit nach außen gekehrter Handfläche dalag, im Schlaf nach oben, neben den Kopf gestreckt.

»Gute Nacht, Andy-Mann!«

Die Antwort war ein schlaftrunkenes Murmeln. Nach einer Minute holte Martin sein Kleingeld hervor und schob fünfundzwanzig Cent unter das Kopfkissen. Er ließ das Nachtlicht brennen.

Während Martin in der Küche herumstöberte und sich eine verspätete Mahlzeit bereitete, kam es ihm in den Sinn, daß die Kinder nicht ein einziges Mal von ihrer Mutter gesprochen oder die Szene erwähnt hatten, die ihnen ganz unverständlich erschienen sein mußte. Sie waren von gegenwärtigen Momenten – dem Zahn, dem Bad, dem Geldstück – in Anspruch genommen, und das glatte Weiterfluten ihrer Zeit, der kindlichen, hatte diese gewichtslosen Ereignisse wie Blätter auf der raschen Strömung eines flachen Bächleins getragen, während das Rätsel der Erwachsenen ans Ufer trieb und vergessen in einer Einbuchtung liegenblieb. Martin dankte Gott dafür.

Sein eigener Zorn jedoch, der unterdrückt im Hintergrund lauerte, erhob von neuem sein Haupt. Durch die Verschwendung eines Trunkenboldes war seine Kinderzeit zerstückelt, waren sogar seine Jünglingsjahre noch heimtückisch unterminiert worden. Und bei seinen Kindern – wie würde es da nach ein oder zwei Jahren sein, wenn die Immunität der Verständnislosigkeit verstrichen war? Mit auf den Tisch gestützten Ellbogen schlang er sein Essen hinunter, ohne es zu schmecken. Die Wahrheit konnte nicht verborgen bleiben – bald würde im Büro und hier draußen geklatscht werden; seine Frau war eine zügellose Trinkerin. Zügellos!

Und sich und seine Kinder sah er einer Zukunft voller Schande und langsam hereinbrechenden Elends ausgeliefert.

Martin stieß sich vom Tisch ab und ging schwerfällig ins Wohnzimmer hinüber. Seine Augen folgten den Zeilen eines Buches, doch sein Geist beschwor schreckliche Bilder herauf: er sah, wie seine Kinder im Fluß ertranken, sah, wie seine Frau sich auf der Straße lächerlich machte. Als es Schlafenszeit war, beschwerte ihm verhärteter Zorn die Brust, und die Füße schleppten sich mühsam die Treppe hinauf.

Das Zimmer war dunkel, nur durch die halb geöffnete Badezimmertür fiel eine Lichtbahn herein. Martin zog sich leise aus. Nach und nach und auf geheimnisvolle Weise vollzog sich ein Umschwung in ihm. Seine Frau schlief, ihr friedlicher Atem tönte sachte durchs Zimmer. Die hochhackigen Schuhe mit den achtlos hingeworfenen Strümpfen wandten sich stumm flehend an ihn. Ihre Wäsche war unordentlich auf einen Stuhl geflogen. Martin hob den Hüftgürtel und den weichen seidenen Busthalter auf und behielt sie einen Augenblick in der Hand. Zum erstenmal am heutigen Abend sah er seine Frau an. Seine Blicke weilten auf der holden Stirn, auf den Bögen der feinen Brauen. Diese Brauen hatte sie auf Marianne vererbt, auch den Aufwärtsschwung an der Spitze der zierlichen

Nase. Bei seinem Sohn fand er ihre hohen Bakkenknochen und das spitze Kinn wieder. Ihr Körper war schlank und harmonisch gerundet, mit vollen Brüsten. Während Martin den ruhigen Schlummer seiner Frau beobachtete, wich die Spukgestalt des alten Zornes. Alle tadelnden und anklagenden Gedanken rückten weit fort. Martin löschte das Badezimmerlicht und öffnete das Fenster. Behutsam, um Emily nicht zu wekken, schlüpfte er in sein Bett. Im Mondschein warf er noch einen letzten Blick auf seine Frau. Seine Hand suchte das nahe Fleisch, und in der unendlichen Vielgestalt der Liebe vermählten sich Kummer und Sehnsucht.